Emely Dark studierte Literaturwissenschaften und Soziologie. Sie arbeitete als Journalistin und im Bereich Public Relations, bevor sie 2019 ihren ersten Thriller *Nachtangst – Das Wesen der Stille* veröffentlichte.

Seither ist sie als Autorin und Lektorin tätig. Das Leben als Schriftstellerin möchte sie keinen Tag missen. Denn in ihr brodelt die Faszination für die Abgründe der menschlichen Seele – und damit so viele Geschichten, die noch erzählt werden müssen.

 @EmelyDark_Autorin

 www.emelydark.com

EMELY DARK

MÄDCHEN SCHREI

Die Deutsche Nationalbibliothek verzeichnet diese Publikation in der Deutschen Nationalbibliografie; detaillierte bibliografische Daten sind im Internet über http://dnb.dnb.de abrufbar.

Lektorat: Sarah Lippasson
Korrektorat: Vivienne Schneider

Titelbild & Umschlaggestaltung:
Buchcoverdesign.de | Chris Gilcher
unter Verwendung der Motive Adobe Stock ID 13034795, Adobe Stock ID 322795898 und eines Motivs von freepik.com

Herstellung und Verlag: BoD – Books on Demand, Norderstedt

ISBN: 9-783757-804022

Für Martin Krist & Sarah Lippasson,
ohne die ich völlig verloren wäre.
Ihr seid die Besten!

Die folgende Geschichte ist rein fiktional
und steht in keinerlei Zusammenhang
mit real existierenden Personen
und Örtlichkeiten.

PROLOG

Alles tut weh.

Blaue Blitze zucken über den Himmel, so als wäre abwechselnd Blaue Stunde und dann wieder Nacht.

Ich liege auf dem Rücken wie ein Käfer. Bloß zappeln kann ich nicht. Nicht einmal den Kopf drehen. Dabei muss ich doch schauen, wo Papa ist.

»Beeilen Sie sich«, ruft eine Frauenstimme. »Das Mädchen braucht Hilfe!«

»Papa«, sage ich, aber ich bin gar nicht sicher, ob mich jemand hört. Also noch mal lauter: »Papa!«

Grade war er noch da. Oder nicht?

Ich kann mich nicht konzentrieren. Es tut so weh.

»Schhhh«, macht die Frau. »Alles wird gut.«

Aber das ist eine Lüge!

Mir wird plötzlich ganz kalt.

Ich will, dass alles wie vorher ist!

Habe ich das laut gesagt oder nur in meinem Kopf? Ich weiß es nicht, ich bin ganz durcheinander.

Papa, will ich schreien, aber es kommt nichts raus. Meine Zunge ist zu schwer.

»Bitte«, kreischt die Frau, »helfen Sie ihr! Sie reagiert schon gar nicht mehr!«

Das stimmt doch gar nicht!

Es rumst und klappert. Ein Männergesicht taucht über mir auf. Dann wird es schrecklich hell. Der Mann leuchtet mir ins Gesicht, erst rechts, dann links. »Pupillen isokor«, sagt er, und ganz viele andere Wörter, die ich nicht kenne. Er wickelt etwas um meinen Hals, das mir den Kopf hochschiebt. Jetzt sehe ich nur noch blau flackernde Bäume.

»Bleib bei uns, Kleine!«

Etwas drückt auf meine Schultern, dann die Ellenbogen, Hände, Hüfte, Knie und Füße. Alles tut weh.

»Kleiner Pieks.«

Etwas sticht mich in den Arm.

»Bald sind die Schmerzen weg.«

Ich bin so müde. Aber ich darf nicht einschlafen.

Du schaffst das, flüstert mir Mama ins Ohr. Aber das kann gar nicht sein, weil sie ja gar nicht mehr da ist. *Reiß dich zusammen!*

Das mache ich. »Papa«, presse ich raus, obwohl mir die Augen zufallen und ich kaum noch Luft bekomme. »Wo ist mein Papa?«

TEIL EINS

Jane

1

»Komm schon, Papa!« Mia warf den Fußball in die Luft und ließ ihn Millisekunden später an ihrem rechten Knie abprallen. Er sauste wieder nach oben, schräg diesmal, und knallte mit Wucht gegen die Kommode. Der Bilderrahmen neben der Schlüsselschale kippte um.

»Hey!« Trotz seines tadelnden Tonfalls konnte sich Samuel ein Grinsen nicht verkneifen. »Im Flur wird nicht gekickt!« Er stellte das Familienportrait wieder auf, nahm die Übergangsjacke vom Garderobenhaken und schlüpfte hinein.

Seine Tochter zog einen Schmollmund. »Dann komm jetzt endlich!« Sie hob den Ball vom Boden auf und zappelte ungeduldig herum.

»Nicht so schnell!« Nadine kam aus der Küche heraus, selbst dick eingemummelt und einen Thermobecher in der Hand. »Bist du warm genug angezogen?«

»Jahaaa!« Mia verdrehte entnervt die Augen – und für einen kurzen Moment erhaschte Samuel einen Blick auf den bockigen Teenie, der sie wohl einst werden würde. Ihm wurde flau im Magen.

»Nehmt lieber noch was mit.« Nadine öffnete die oberste Schublade der Kommode und reichte ihm eine Wollmütze. »Wenn die Sonne weg ist, wird es schnell frisch.«

»Ooooch, Mama!«

Auch Samuel hielt das für übertrieben, sagte aber nichts. Er steckte das Ding ein.

»Los jetzt!« Mia riss die Tür auf, und die drei traten gemeinsam in den kleinen Vorgarten hinaus.

Das Laub des Apfelbaums war bereits rot-gelb verfärbt. Bald würde es den Rasen bedecken. Eine Schar Vögel flog über das Haus in Berlin-Zehlendorf hinweg, munter kreischend, auf dem Weg gen Süden. Samuel sah ihnen nach, während er das Gesicht in die warmen Sonnenstrahlen des Herbstnachmittags streckte. Er wollte jeden einzelnen genießen, bevor die Hauptstadt wieder für Monate in Grau versank.

»Ich wünsche euch ganz viel Spaß!« Nadine hatte sich bereits ins Auto gesetzt. Sie startete den Motor.

»Dir einen ruhigen Dienst«, schaffte Samuel gerade noch zu rufen, bevor die Wagentür zuschlug.

Mia winkte kurz, wandte sich dann aber ihrem Vater zu. »Komm jetzt!«

»Gleich, Schatz, lass mich noch abschließen.«

Während der Audi aus der Einfahrt zurücksetzte und schließlich davonbrauste, klopfte Samuel die Taschen der Jacke ab. Der Schlüssel war da, der Geldbeutel ebenfalls. Das Handy fehlte. Er musste es in der Eile drinnen liegengelassen haben.

»Der ist schon ganz alt«, moserte Mia indes mit einem kritischen Blick auf die abgewetzten Stellen des Fußballs.

Samuel lächelte geistesabwesend. »Vielleicht gibt's zum Geburtstag einen neuen.«

»Au ja!«

»Warte kurz.« Er machte ein paar Schritte zurück ins Haus. »Ich hab was vergessen.«

»Oooooch!«

Er sah sich im Flur um, konnte das Smartphone aber nirgends entdecken. Draußen begann Mia ungeduldig herumzuhampeln. Er ließ sie gewähren. »Gleich zurück!«

Samuel ging in die Küche, wurde nicht fündig. Auch im angrenzenden Wohnzimmer war nichts zu sehen.

Wo hatte ich das blöde Ding zuletzt?

Er suchte noch einmal in den Taschen, vergeblich, eilte die Treppe hinauf und ins Schlafzimmer, wo er das Handy schließlich auf dem Nachttisch entdeckte – *am Ladekabel, natürlich!*

Das Display zeigte mehrere Nachrichten, doch die konnten warten. Samuel steckte das Gerät ein und verließ den Raum. Wenn die beiden den Park erreicht hatten und Mia beschäftigt war, würde ihm genügend Zeit dafür bleiben.

Er stieg die Treppe hinunter, durchquerte den Flur – und blieb im Rahmen der Haustür wie angewurzelt stehen.

Seine Tochter war nicht mehr im Vorgarten. Stattdessen stand sie mitten auf der Straße und beugte sich gerade nach vorn, um den Fußball aufzuheben, der zu ihren Füßen auf dem Asphalt lag. Gleichzeitig heulte ein Motor auf.

»Miaaa!« Samuels Blut sackte in die Beine. Er taumelte los – zu spät.

Ein blaues Ungetüm raste auf das Mädchen zu, erfasste den kleinen Körper und schleuderte ihn in die

Luft. Es gab ein widerwärtiges Knacken, als er wieder auf dem Boden aufschlug. Bremsen quietschten. Aber noch ehe Samuel die Straße erreicht hatte, gab der Fahrer des Wagens wieder Gas. Kurz darauf verschwanden die Rücklichter um eine Kurve.

»Miaaa!« Samuel sackte neben seiner Tochter auf die Knie. Ihre Gliedmaßen waren unnatürlich verdreht, der Kopf zur Seite geneigt. Aus dem Ohr sickerte ein rotes Rinnsal.

»Um Himmels willen!« Frau Weiß, die Nachbarin von gegenüber, rannte auf die beiden zu.

»Rufen Sie den Rettungsdienst«, brüllte Samuel sie an, während er selbst mit tauben Fingern das Handy aus der Tasche klaubte und Nadines Nummer wählte. Sie konnte noch nicht weit entfernt sein. Und sie war Krankenschwester. Sie würde wissen, was zu tun war.

Es tutete.

Mias Brustkorb hob und senkte sich, wenn auch beinahe unmerklich. Sie drehte den Kopf, sah Samuel direkt in die Augen, aber der Blick war ausdruckslos, irgendwie leer. Es brach ihm das Herz. »Mia, Schatz, kannst du mich hören? Bitte rede mit mir! Ich bin bei dir. Alles wird gut!«

Das Mädchen öffnete den Mund, und heraus kam –

Ein schrilles Piepen.

2

Samuel riss die Augen auf – und schloss sie sofort wieder.

Hell. Viel zu hell.

Sein Herz raste. Der faulig-säuerliche Geschmack, der die gesamte Mundhöhle ausfüllte, ließ in würgen. Die Zunge fühlte sich pelzig an. Das Hirn schien im Takt des unerträglichen Wecktons zu pulsieren, gegen die Schädelwände zu drücken, bis es drohte, sie zum Bersten zu bringen.

Samuel presste die Hände an die Schläfen. Vergangenheit und Gegenwart verschmolzen zu einem einzigen Klumpen aus blankem Schmerz, und für einen Moment hatte er alle Mühe, sich zeitlich und räumlich zu orientieren.

Ein Knacken, gefolgt von einem Quietschen. Blut, das in einem schmalen Rinnsal aus Mias Ohr troff und in die blonden, zerzausten Locken sickerte.

»Miaaaa«, hörte er sich selbst schreien. Nicht im Hier und Jetzt. Sondern auf der Straße, vor dem Haus. Vor fünf Jahren und einhundertzweiund– *nein, Moment.* Einhundert*dreiundachtzig* Tagen.

Der Alarm plärrte noch immer.

Samuels Muskeln verkrampften sich. Er zwang sich, mehrmals tief durchzuatmen, sich von der quälenden Erinnerung loszueisen. Es klappte. Während sich die grässlichen Bilder vor seinem geistigen Auge langsam verflüchtigten, tastete Samuel blind auf dem Nachttisch herum. Endlich bekam er das Smartphone zu fassen und schielte vorsichtig aufs Display. Drei Minuten nach sieben. *Zeit aufzustehen. Zeit zu funktionieren.*

Er schaltete den Signalton aus und setzte sich vorsichtig auf. Neuerliche Schmerzwellen wummerten durch seinen Kopf, der Raum schien sich um ihn herum zu drehen.

Reiß dich zusammen!

Er schlug die schweißnasse Decke zurück und schwang die Beine aus dem Bett, musste jedoch einen Moment innehalten, bevor er aufstehen konnte. Grelle Blitze zuckten durch sein Sichtfeld. Der Dielenboden schien plötzlich Wellen zu schlagen, die in konzentrischen Kreisen auf Samuel zu brandeten. Er geriet ins Wanken, hielt nur mühsam das Gleichgewicht.

Ein Blick durch den Raum lieferte unscharfe Einzelbilder, wie flüchtige Polaroidaufnahmen aus längst vergangener Zeit. Da war ein Schrank aus Buchenholz. Ein Haufen Schmutzwäsche. Eine achtlos in die Ecke geworfene Aktentasche.

Fünf Minuten nach sieben. Zeit zu funktionieren.

Barfuß und immer noch fürchterlich wacklig auf den Beinen stakste Samuel los.

Die Bilder, die in sein Bewusstsein drangen, wurden langsam klarer. Blaue Vorhänge, die einen grellbunten Frühlingstag einrahmten. Davor ein grau-brauner Sessel, dessen Sitzfläche von häufiger Benutzung leicht angeraut war. Ein staubiger Beistelltisch.

Samuel wandte den Kopf in die andere Richtung, was einen erneuten Schwindelanfall zur Folge hatte und ihn zum Innehalten zwang.

Einer zu viel, konstatierte er, als er schließlich auch die Ursache für seinen erbärmlichen Zustand ausmachte. Die gläserne Flasche, deren schlanker Hals das Sonnenlicht einfing und beinahe neckisch reflektierte, thronte auf der Kommode neben der Tür. Sie war leer.

Samuel grunzte unwillkürlich, unterdrückte den Drang sich zu übergeben.

Alles hat seinen Preis.

Er kramte in seinem Gedächtnis nach dem Grund für den Exzess – und erinnerte sich jäh an einen anderen Abend zurück. Einen Abend, der begonnen hatte wie jeder andere in dieser belanglosen Aneinanderreihung von Stunden, Tagen und Wochen seit Mias Unfall.

Er war von der Arbeit gekommen, hatte die Post aus dem Briefkasten gezogen, den Stapel kurz darauf auf die Kommode gepfeffert, genau dahin, wo jetzt die Flasche stand, und einer der Umschläge war in den Spalt hinter dem Möbelstück gerutscht. Fluchend hatte Samuel den massiven Buchenklotz gepackt, um ihn ein weiteres Stück von der Wand wegzurücken.

Obwohl jener Abend viele Monate zurücklag, konnte sich Samuel noch genau an das eigenartige Klackern erinnern, das er daraufhin gehört hatte. Und ihm stand auch jetzt noch der Anblick vor Augen, der sich ihm geboten hatte, als er, die Wange an die Tapete gepresst, der Ursache des Geräuschs auf den Grund gegangen war.

Neben der zweiten Mahnung des Stromanbieters, zwischen Staubflusen und einem vermutlich bereits Jahre zuvor verschollenen Haargummi, lag eine blondgelockte Playmobil-Figur mit goldenem Krönchen und hellrosa Ballkleid.

Mia wird nie wieder damit spielen.

Meine Prinzessin ist tot.

Im Bruchteil einer Sekunde waren all die Gefühle auf Samuel eingeprasselt, die er sorgsam und tief im Unterbewusstsein vergraben – Nein, Scheiße, die er längst verarbeitet geglaubt hatte! Stattdessen war eine bittere Suppe aus Trauer, Wut und Verzweiflung in ihm hochgekocht, war aus ihm herausgebrochen wie ein amerikanischer Schachtelteufel. Bis zu dem Punkt, an dem er sicher war, auf der Stelle den Verstand zu verlieren, an dem er sich in einer Hölle auf Erden wähnte, aus der es kein Entrinnen gab.

An jenem Abend hatte er begonnen zu trinken.

Und obgleich es ihm wohl nie gelingen würde, den Auslöser aus seinem Gedächtnis zu verbannen, so war er doch in der Zwischenzeit sehr viel besser darin geworden, Lücken zu schaffen.

Was ist gestern passiert? Habe ich wieder etwas gefunden, das früher –?

Samuel würgte trocken. Der faulige Geschmack im Mund wurde beinahe unerträglich. Trotzdem verharrte er einen weiteren Moment mitten im Raum, forschte in der Erinnerung nach einem Geräusch, einem Bild, einem Nachhall des Schmerzes. Das rief eine vage Sequenz wach. Einen ehelichen Streit am frühen Abend. Ansonsten war da nichts als dumpfes Schwarz.

Samuel nickte zufrieden, was allerdings einen neuerlichen Schwindelanfall zur Folge hatte und ihn ein weiteres Mal ins Wanken brachte.

Alles hat seinen Preis. Aber ich bin bereit, ihn zu zahlen.

Als er sich wieder halbwegs im Griff hatte, verließ er das Zimmer und ging durch den Flur ins angrenzende Bad. Dort angekommen, holte er einen losen Blister Kopfschmerztabletten aus dem Schrank, drückte sicherheitshalber gleich zwei heraus, warf sie ein und spülte mit Leitungswasser nach.

Anschließend schnappte er sich die Zahnbürste, packte ordentlich Paste auf die Borsten und schrubbte mehrere Minuten lang. Mit mäßigem Erfolg. Gaumen und Zunge pappten nicht mehr ganz so furchtbar, der widerwärtige Geschmack jedoch schien tiefer zu sitzen. Im Rachen.

Samuel griff ein weiteres Mal nach der verspiegelten Tür des Hängeschränkchens, ließ die Hand aber gleich wieder sinken. Er brauchte nicht nachzuschauen; das Mundwasser war leer, und das schon seit mehreren Tagen. Er hatte kein neues gekauft.

Er schnaubte, wütend über die eigene Vergesslichkeit, und betrachtete den Mann im Spiegel, der ihm in jüngster Zeit immer öfter fremd erschien.

Dunkle Ringe zeichneten sich überdeutlich unter den Augen ab. Die Geheimratsecken über den ergrauten Schläfen deuteten wie überdimensionierte Pfeile auf tiefe Falten, die sich im gesamten Gesicht in die Haut gefurcht hatten. Weiter unten sah es nicht besser aus. Die Brust war irgendwie unförmig. Über dem Bund der Boxershorts hing ein Bäuchlein – *Wen willst du veralbern?! Eine Wampe!* Die Beine dagegen waren zu dürren Stecken verkommen.

Samuel wandte sich angewidert ab. Früher war er ein Frauenschwarm gewesen, hatte ein strahlendes Lächeln und zweimal pro Woche Kampfsportunterricht gehabt. Jetzt war er sechsundvierzig.

Hör endlich auf, dir was vorzumachen! Das ist nicht der Grund, und das weißt du genau!

Nein, natürlich war nicht sein Alter daran schuld. Nicht einmal die Trauer. Im Gegenteil: Nach Mias Tod hatte er das Training sogar noch intensiviert, hatte sich bei jedem Schlag und jedem Tritt vorgestellt, er treffe kein Polster, sondern den Kerl, der ihm die Tochter und damit das Leben geraubt hatte.

Doch mit jeder Woche, die ins Land zog, ohne dass die Polizei auch nur die kleinste Spur finden konnte, hatte sich Samuels Antrieb gewandelt. Er hatte den Fahrer des blauen Wagens nicht gesehen, sich nicht das Kennzeichen gemerkt, verdammt, er war nicht einmal sicher, was die Automarke anging. Bald hatte er in seiner Fantasie keinen Unbekannten mehr verdroschen, sondern sich selbst. Und irgendwann niemanden mehr. Was änderte das noch? Mia jedenfalls brachte es nicht zurück.

Der Alkohol hatte schließlich sein Übriges getan. Der Typ im Spiegel sah aus wie ein alter Mann.

»Ich bin bereit, den Preis zu bezahlen«, versicherte Samuel ihm, klang dabei aber wenig überzeugt. Vielleicht weil er es laut aussprach. »Ich hab das im Griff.«

Immerhin schienen sich nun die Schmerzen zu lichten. Das Dröhnen im Schädel war nur noch ein leises Pochen.

Samuel schlüpfte aus den schweißnassen Boxershorts, stopfte sie in die Waschmaschine und stieg in die Duschkabine. Der heiße Strahl, der kurz darauf auf ihn herabprasselte, machte die Welt ein klein wenig besser. Eine Mischung aus Limetten- und Moschusduft erfüllte den Raum, und Samuel ließ sich für einen Moment sogar dazu verleiten, zu träumen.

In seiner Vorstellung war Samstag. Trotzdem musste er sich beeilen, schließlich stand ein wichtiges Fußballspiel an. Mia hämmerte bereits gegen die Tür, riss sie kurz darauf sogar auf und streckte den Kopf ins Bad. »Kommst du jetzt endlich?«

»Ja, mein Schatz, gleich! Ich verspreche dir, wir sind pünktlich da.« Er lächelte.

Seine Tochter war ein Teenager geworden; dreizehn Jahre alt und bildschön. Die blonden Locken umschmeichelten rosige Wangen, betonten die tiefblauen Augen, die Samuel in dieser Sekunde erwartungsvoll anstarrten. Als sie die Lippen kräuselte, bildete sich neben dem Mund ein Grübchen. Mia sah aus wie ihre Mutter, damals, als er sie kennengelernt hatte. Sie zog eine Schnute und – Schlagartig wurde das Duschwasser eiskalt. Samuel stieß einen spitzen Schrei aus, fingerte hastig nach der Armatur und drehte den Hahn zu.

Diese verfluchten Leitungen!

Klatschnass und frierend kehrte er in die Realität zurück. Aus Mia würde nie die junge Frau werden, die er in seiner Fantasie sah. Sie würde nie wieder Fußball spielen, ihn nie wieder drängen, sich zu beeilen, nie wieder einen Schmollmund ziehen. Das alles hatte sie kurz vor ihrem achten Geburtstag zum letzten Mal getan.

Dann hatte sie ein blaues Ungetüm erfasst. Und kurz darauf war sie gestorben.

3

Ich wache auf, weil mich die Sonne an der Nase kitzelt. So hell strahlt sie am blauen Himmelsviereck, dass ich nicht reingucken kann, sonst werde ich blind. Mein Hals kratzt, und mein Mund ist ganz pappig.

Ich krabble von der Matratze runter und stehe auf, laufe an der Ritterburg vorbei, zur anderen Seite des Zimmers, und trinke einen großen Schluck Wasser. Danach habe ich immer noch Durst, aber ich mache die Flasche trotzdem wieder zu. Ich muss sie mir gut einteilen, weil es ja jeden Tag nur eine gibt.

Hunger habe ich auch. Die Butter ist schon ein bisschen zerlaufen, das Brot sieht matschig aus. Ich esse einen Bissen, dann lege ich es zurück auf den Teller.

Mein Bauch brummt. Ich nehme doch noch einen kleinen Biss. Mehr geht jetzt nicht.

Nach dem Frühstück muss ich mich erst zurechtmachen, bevor ich in die Ritterburg kann. Eine Prinzessin darf nicht zerzaust sein. Sie muss hübsch sein, für den König. Deshalb liegen im Pappkarton-Turm ein Kamm und ein Spiegel. Ich klappe den Deckel auf und hole beides heraus. Der Kamm hat nicht mehr alle Zähne, aber das macht nichts. Der Spiegel sagt, ich darf spielen.

Also lege ich die Sachen zurück und krabble in die Burg. Ganz vorsichtig, damit ich mir die Knie nicht zerschramme. Das ist mir mal passiert, und das war gar nicht gut. Das gab ganz viel Ärger.

Im Burghof ist alles bunt, weil hier die Bücher liegen. Die mit den schönen Bildern mag ich am liebsten. Es gibt aber auch andere, welche mit langen Wörtern, die ich nicht verstehe. Und dann gibt es die, die ich nicht anschauen kann, weil die Bilder haben, die ganz gruslig sind. Mama sagt, das sind Bilder von toten Menschen. Ich hab sie gefragt, was das heißt, ›tot‹, aber sie wollte es mir nicht erklären.

Ich nehme das Winterbuch und klappe es auf. Den Winter mag ich nicht. Wenn nämlich Schnee auf dem Fenster liegt, sodass ich das Himmelsviereck nicht mehr sehen kann, dann ist es im Zimmer ganz dunkel und kalt.

Aber im Buch ist ein Mädchen, das ich mir gern anschaue, mit schwarzen Haaren und einem roten Schal und einer gelben Jacke. Sie hat etwas an den Füßen, das Mama »Schlittschuhe« nennt. Ich weiß nicht, ob es das wirklich gibt, oder ob das Buch mich veralbert, so wie das pinke mit den Feen. Als ich kleiner war, hab ich gedacht, dass es die wirklich gibt und nach ihnen gerufen, aber das war blöd von mir.

Jetzt weiß ich, dass es Feen nicht gibt. Immerhin bin ich schon acht.

Die Zauberschuhe im Buch machen das Mädchen ganz schnell. Das sieht man daran, wie die Haare nach hinten fliegen. So schnell kann ich gar nicht sein, egal wie sehr ich mich anstrenge. Vielleicht braucht man dafür aber auch noch weißen Zauberboden, nicht den aus Holz, so wie hier.

Mir ist langweilig. Ich klappe das Buch zu, drehe mich um und linse durch die Schießscharte. So nennt man den Spalt in der Burg. Das steht so im Ritterbuch, und Mama sagt, das will mich nicht veralbern. Eine Kanone habe ich nicht. Und auch niemanden, auf den ich schießen kann. Das macht mich traurig.

Vorher musste ich nicht allein sein. Aber jetzt ist alles anders.

Ich überlege, was ich spielen soll, aber mir fällt nichts ein. Mensch-ärgere-dich-nicht und Dame gibt es hier, aber die gehen nur zu zweit, genau wie Fingerklatschen. Vielleicht kann ich – Oh! Ich hab ganz vergessen, Ferdi zu füttern.

Ich krabble zu seinem Stall und mache ihn auf. Mein Bauch brummt wieder. Zum Glück muss ich mein Essen nicht mit Ferdi teilen. Er mag kein Butterbrot, sondern Staub. Ich wische mit der Hand einen kleinen Haufen zusammen, so wie Mama es mir gezeigt hat. Ferdi hat mal ihr gehört. Genau wie die Bücher und die Ritterburg. Aber das war, als sie noch nicht meine Mama war. Jetzt gehört alles mir ganz allein.

Ferdi ist weiß und hat rosa Haare am Kopf und als Schwanz. Ich streichle ihm über den Rücken und warte, bis er keinen Hunger mehr hat. Dann stelle ich mir vor, ich springe auf seinen Rücken. Er tänzelt und wiehert vor Freude. Ich halte mich an der Mähne fest. Der Trompeter im Turm trötet, das Burgtor wird heruntergelassen. Wir reiten los. Über Felder und Wiesen, genau wie im Buch, durch einen Wald, bis zur nächsten Burg und daran vorbei. Weiter und immer weiter.

Schneller, rufe ich, und Ferdi rennt so schnell, dass meine Haare fliegen wie bei dem Mädchen im Buch.

An einem kleinen Bach machen wir Pause. Ich steige ab, damit ich trinken kann. Das Wasser ist kalt und klar. Ich schöpfe es mir mit der Hand in den Mund. Das tut gut. Vielleicht finden wir auch noch etwas zu essen.

Ich schaue mich um und entdecke einen Busch voller roter Beeren. Sie schmecken süß und saftig, genauso wie Mama es mir erzählt hat. Mein Herz macht einen Sprung. Der Bauch hört auf zu brummen.

Plötzlich raschelt es im Gebüsch, und eine Fee fliegt heraus. Sie lächelt, Kleid und Flügel glitzern in der Sonne – aber Moment mal! Feen gibt es doch gar nicht. Die sind doch nur in dem pinken Buch, das mich veralbert.

Ich spüre, wie sich mein Hals zusammenzieht. So als hätte ich einen von Ferdis Staubklumpen verschluckt.

Die Wiese, der Busch und der Bach, alles löst sich in Luft auf. Ich sitze wieder in meiner Burg aus gestapelten Kartons und versuche angestrengt, nicht zu heulen.

Ich bin jetzt ein großes Mädchen und weiß, dass das alles nicht echt ist. Trotzdem macht es mich traurig.

Ich kann nicht mit Ferdi ausreiten. Weil er nur so groß ist wie mein Unterarm. Weil er aus Plastik ist und die Beine gar nicht bewegen kann. Weil wir beide nie weggehen dürfen. Nicht einmal kurz.

»Tut mir leid, Ferdi«, flüstere ich ganz leise, weil ich ja nicht laut sein darf.

Schon gut, antwortet er in meinem Kopf.

Mama sagt, meine Fantasie blüht. Ich weiß nicht, was das heißen soll, aber sie sagt, das ist etwas Gutes. Sie sagt, das macht alles leichter.

Nach draußen gehen kann ich nämlich nur in meinen Gedanken. Weil draußen die Monster leben.

Die Monster wollen mich wegnehmen.

4

Bibbernd tapste Samuel aus der Duschkabine, nahm das Handtuch vom Haken, rubbelte sich damit trocken und wickelte sich anschließend darin ein. Jetzt war ihm zumindest nicht mehr kalt.

Der Spiegel war noch vom Dampf beschlagen, und Samuel war dankbar, dass er den fremden Mann darin nicht sehen konnte.

Die Uhr über der Tür zeigte halb acht. Höchste Zeit zu funktionieren.

Er griff zum Föhn, schaltete ihn ein – und sofort wieder aus. Ein Poltern und Klappern. In der Küche. Offenbar war Nadine aufgewacht und heute ausnahmsweise sogar heruntergekommen.

Na, ganz toll ...

Er machte den Föhn wieder an. Lange hielt er das allerdings nicht aus. Die Hitze trieb ihm schon wieder Schweiß aus den Poren, das Getöse brachte die Kopfschmerzen zurück.

Muss reichen.

Er legte das Gerät weg, atmete einmal tief durch und verließ das Badezimmer.

Während er kurz darauf eine dünne Stoffhose und ein T-Shirt aus dem Kleiderschrank fischte, drang das Röcheln der Kaffeemaschine an sein Ohr. Bei dem Gedanken daran, dass seine Ehefrau womöglich ein ganzes Frühstück zubereitete, drehte sich Samuel der Magen um. Trotzdem zog er sich an, schnappte sich das Handy vom Nachttisch, setzte ein bemühtes Lächeln auf und gesellte sich zu ihr.

»Guten Mor–« Er brach ab, schluckte. »Was ist denn mit dir passiert?«

Sie stand, mit einem rosa Morgenmantel bekleidet, den Oberkörper leicht nach vorn gebeugt, an der Spüle und hielt sich mit der linken Hand eine quietschblaue Kältekompresse ins Genick. Daumen und Zeigefinger der rechten drückten wie eine Klammer die beiden Nasenflügel zu. Die Haut darunter, ja, selbst Mund und Kinn waren blutverschmiert.

»Geht gleich wieder«, näselte Nadine und fuhr sich instinktiv mit der Zunge über die Lippen. »Bah!«

In einem Anfall von Fürsorge stürzte Samuel zu ihr, legte das Handy auf die Küchenablage, wollte die Arme um sie legen.

Sie zuckte zurück. »Lass! Ich sag doch: Es geht gleich wieder.«

Er erstarrte in der Bewegung.

Bis auf die roten Rinnsale war ihr Gesicht aschfahl. Das Haar stand wirr ab und sah im einfallenden Sonnenlicht stumpf, beinahe grau aus. Die Augenlider waren geschwollen. Sie hatte geweint.

Ich hab doch nicht etwa –

Plötzlich erfasste ihn die irrationale Furcht, sie am Vorabend geschlagen zu haben. Immerhin konnte er sich an nichts erinnern. Ihm wurde noch übler. Entsetzen und Selbsthass fraßen sich in seine Gedärme wie eine Schar gieriger Käfer. Die Arme sackten kraftlos herab. »Ich ... Es tut mir ...«

Dann setzte die Vernunft wieder ein.

Nein, natürlich nicht. Das könnte ich nie! Außerdem würde sie dann wohl kaum jetzt noch bluten.

Trotzdem trat er einen Schritt zurück, ließ Nadine den Freiraum, den sie brauchte. »Hast du dich gestoßen?«

»Nein.« Sie lockerte den Griff um die Nasenflügel, wartete. Als auch nach zwei Sekunden kein neuerlicher Strom herausrann, nickte sie zufrieden und warf das Kühl-Pack beiseite. Es klatschte neben Samuels Handy auf die Ablage. »Ich hab vorhin zwei Aspirin genommen und gerade zu heftig geschnäuzt. Alles gut.«

Er wartete, während sich Nadine am Spülbecken die Hände und das Gesicht säuberte, ehe er vorschlug: »Du solltest deinen Blutdruck mal checken lassen. Nur zur Sicherheit. Ich meine –«

»Blödsinn!« Sie drehte den Hahn ab, wandte sich Samuel zu – und schmunzelte.

Er blinzelte irritiert. »Was?«

»Das ist ein Mythos. Nasenbluten kommt von einer venösen Blutung, nicht von einer arteriellen.« Einzelne Wassertropfen glitzerten auf ihrer Haut. Die Augen schienen plötzlich zu strahlen.

Samuel fragte sich, wann er Nadine zuletzt hatte lächeln sehen. Ein ehrliches Lächeln. Nicht das, das sie für den ohnehin spärlich gesäten Small-Talk aufsetzte, eingebettet zwischen eisiges Schweigen und Gebrüll.

»*Wäre* es eine arterielle Blutung«, fuhr seine Ehefrau sichtlich amüsiert fort, »müsste ich aus allen Körperöffnungen bluten.« Sie grinste noch breiter und deutete auf ihren Po. »Und ich *meine* ›aus allen‹. Hast du in all den Jahren mit einer Krankenschwester denn gar nichts gelernt?«

»Ich ...« Er war überfordert, wusste nicht, wie er ihre gänzlich unerwartete und irgendwie völlig deplatzierte

Heiterkeit einordnen sollte. »Also ... ich ...« Er zuckte die Achseln, versuchte sich selbst an einer fröhlichen Miene, die jedoch misslang.

Nadine trocknete sich das Gesicht am Ärmel ihres Morgenmantels ab.

Die Kaffeemaschine spuckte röchelnd einen weiteren Schluck in die Kanne.

»Wenn du das sagst ...« Samuel gab die Heuchelei auf. Er fühlte sich unsagbar müde und schwach. Zugeben wollte er das allerdings nicht. »Wenn du dich nicht gut fühlst«, sagte er deshalb unüberlegt und machte eine Geste in Richtung Kühl-Kompresse, »dann sollten wir unser Abendessen heute besser absagen.«

Ganz dummer Fehler ...

Ihre Züge entgleisten. Da war sie wieder. Die alte Nadine. Oder besser: Die Frau, die nach Mias Tod aus ihr geworden war. »Nach allem, was Papa für uns getan hat?!«

»Herrgott, das ist zwölf Jahre her! Wir müssen doch nicht jede Woche auf Biegen und Brechen —«

»Zeig doch verdammt noch mal etwas Dankbarkeit«, lamentierte sie weiter. »Er hat uns dieses Haus besorgt!«

Ein Haus, das wir uns längst nicht mehr leisten können, lag es Samuel auf der Zunge, doch er sprach es nicht aus, obwohl die Wut in ihm schwelte.

»Er hat sich dafür eingesetzt, dass du einen Job in der Klinik bekommst!«

Wie lange hat sie diesen versifften Bademantel schon an? Seit letzter Woche?!

»Himmel, er hat uns sogar den Umzug bezahlt!«

»Nicht ganz uneigennützig, würde ich meinen«, platzte es aus Samuel heraus. »Immerhin wollte er euch in der Nähe haben, dich und —«

— sein Enkelkind.

Er biss sich auf die Lippe, fühlte plötzlich einen Kloß im Hals.

»Uuund die Trophäe«, brüllte ihm ein imaginärer und viel zu gut gelaunter Showmaster ins Ohr, *»für den unsensibelsten Ehemann des Jahres geht aaaan …«*

Nadines Mimik gefror. Sie stierte ihn aus tiefster Verzweiflung an.

»… Samuel Holler! Herzlichen Glückwunsch!«

Er wusste nicht, was er sagen sollte, würde ohnehin keinen Ton herausbringen, kämpfte ja selbst gegen den verfluchten Schachtelteufel aus Gefühlen an. Was gäbe er jetzt für ein Glas, ach was, eine Flasche Gin!

Tief einatmen. Halten. Ausatmen.

Die Technik sollte beruhigend wirken, verfehlte aber ihr Ziel. Stattdessen schmeckte er den widerwärtigen Kater-Nachhall umso intensiver.

Ach, scheiß drauf! Ich melde mich heute krank und —

In der eisigen Stille dröhnte das Vibrieren des Handys auf der Küchenablage umso lauter.

Samuel riss den Kopf herum — und starrte mehrere Sekunden lang auf die Nachricht im hell erleuchteten Display: »Du bist nicht allein.«

***

Sarah!

Endlich kam wieder Leben in Samuels Glieder. Er streckte die Hand nach dem Handy aus, drückte die Taste an der rechten Seite. Das Display erlosch.

Ausgerechnet jetzt!

Er steckte das Gerät in die Hosentasche und warf einen prüfenden Blick zu Nadine. Sie musste die Nachricht gesehen haben. Er hatte sich zu viel Zeit gelassen.

Doch seine Ehefrau zog gerade ein Taschentuch aus den Untiefen des fleckigen Bademantels hervor, tupfte sich damit den feuchten Bereich unter den Augen.

Konnte Samuel so viel Glück gehabt haben?

Von Wut oder Entrüstung fand er in ihrer Mimik keine Spur. Stattdessen kehrte Nadine unversehens zu der albernen Fröhlichkeitsfassade zurück. »Ich habe dir das Buch rausgesucht und auf die Kommode im Flur gelegt.«

Er stierte sie dümmlich an, kämpfte gegen das Chaos in seinen Eingeweiden. »Buch?«

»*Die Räuber.* Du hast mir doch neulich erzählt, dass einer deiner Patienten es noch einmal lesen möchte.«

Stimmt.

Jetzt fiel es ihm wieder ein. Hans Bauer, ein bedauernswerter Rentner, der bereits zwei Runden Chemo hinter sich gebracht hatte und dessen Ärzte dennoch wenig Hoffnung hegten, hatte beschlossen zumindest noch einmal alle Werke der großen deutschen Dichter zu lesen, bevor er das Zeitliche segnete. Ob ihm dieses Vorhaben vergönnt war, blieb abzuwarten.

Samuel schwieg.

»Wäre ja nicht gerade meine erste Wahl«, schnatterte Nadine unbeirrt weiter, während sie sich abwandte und zwei Tassen aus dem Hängeschrank holte. »Ein Mal reicht völlig! Ich habe mich ja fürs Abi schon durchgequält.«

Samuel nickte. Daran konnte er sich erinnern. Sie hatten sich gemeinsam auf die Prüfungen vorbereitet, sich dabei aber allzu gern ablenken lassen ...

In einer anderen Zeit. Scheiße, einer ganz anderen Welt!

»Einen Grisham vielleicht. Oder King. Der arbeitet die Figuren immer so gut aus.« Nadine zog die Kaffeekanne aus der Maschine. »Was meinst du?«

»Hmm?« Er schüttelte den Gedanken ab, kehrte in die Gegenwart zurück.

»Welches Buch könntest du denn zweimal lesen?« Sie füllte beide Tassen.

Allein bei der Vorstellung, das Gebräu zu trinken, wurde Samuel wieder übel, aber er wollte die freundliche Geste nicht ausschlagen. Schließlich hatte er sich heute weiß Gott genug geleistet.

»Keine Ahnung.« Er nahm einen Schluck, unterdrückte ein Würgen. »Einen Thriller mit überraschender Auflösung.«

Nadine runzelte die Stirn. »Die kennst du doch dann schon!«

»Stimmt.« Er stellte die Tasse ab, warf einen Blick auf die Digitalanzeige am Backofen. »Aber vielleicht sind in den Kapiteln ja Hinweise darauf versteckt, die ich beim ersten Lesen übersehen habe.« Er machte eine kurze Pause, wartete auf eine Antwort – die nicht kam. »Hör mal, ich sollte langsam los.«

»Klar.« Nadine schien nicht enttäuscht. »Brauchst du noch irgendwas?«

Er wollte verneinen, stutzte, überlegte es sich anders. »Hast du Mundwasser? Meins ist leer.«

»Ich hol's dir.« Sie stürmte los, und Samuel war ihr unendlich dankbar. Nicht für die Minzspülung, er wäre natürlich auch ohne ausgekommen, sondern vor allem dafür, dass die imaginär gezogene Grenze gewahrt blieb.

Das Obergeschoss gehörte Nadine. Er selbst hatte es seit einer gefühlten Ewigkeit nicht mehr betreten.

Seit fünf Jahren und einhundertdreiundachtzig Tagen.

Er brachte es einfach nicht über sich, an Mias altem Zimmer vorbeizugehen, das all die Zeit unverändert geblieben war und dessen Tür bestimmt noch immer offenstand, als sei sie nur für einen Moment hinausgegangen. Schaffte es nicht, nebenan im Elternbett zu schlafen, so zu tun, als sei alles wie früher.

Du bist nicht allein, schoss ihm die Nachricht wieder durch den Kopf.

Sarah.

Ein Fehler. Ein dummer Ausrutscher – der seine Tochter das Leben gekostet hatte.

5

Während ihn der 285er-Bus von Zehlendorf nach Steglitz brachte, dachte Samuel darüber nach wie alles angefangen hatte. Damals, Mia war fünf gewesen und hatte in einer fürchterlichen Trotzphase gesteckt, Nadine genervt und vom Schichtdienst zusätzlich gestresst, war Sarah Helmholtz in sein Leben getreten.

Obwohl *getreten* natürlich der falsche Begriff war. Sie hatte gelegen. Gelegen, geschwiegen und stur geradeaus gestarrt, während Ärzte und Schwestern um sie herumgewuselt waren wie Ameisen, kurz bevor ein sintflutartiger Sommerregen einsetzt und den gesamten Bau unterspült.

Ein OP-Hemd hatte die beiden knotigen Narben verdeckt, die nun anstelle von Brüsten auf ihrem Körper prangten. Krebs und Chemo hatten die junge Frau ausgemergelt, damit begonnen, sie von innen aufzufressen.

Die Prognose stand gut. Und dennoch hatte man Sarah dafür alles genommen. Sie war –

Ein Zischen riss Samuel aus den Gedanken.

Die Bustüren schwangen auf, und eine alte Dame kämpfte sich die Stufe herauf. Wegen des Gehstocks fiel es ihr schwer, die Haltestange zu umfassen. Sie wankte, als sich das Gefährt wieder in Bewegung setzte, schaffte es geradeso, sich auf eines der Polster zu manövrieren.

Eine ekelhaft süße Parfümwolke trieb zu Samuel herüber. Er wandte das Gesicht ab, lehnte die Stirn ans kühle Fensterglas und stierte hinaus, ohne die Bauten, die an ihm vorüberrauschten, wirklich wahrzunehmen.

Stattdessen kehrte er in jene Zeit zurück, als die Welt noch in Ordnung war. In die Zeit vor dem Fehler.

Er war damals noch nicht lange Teil des Klinik-Teams gewesen, hatte sich zu beweisen versucht. Deshalb hatte er sich bis weit nach Dienstschluss mit Patienten-Akten, aber auch den Wünschen und Träumen der Menschen dahinter beschäftigt. Er hatte nicht der Mann sein wollen, dessen Schwiegervater ihm einen Job besorgt hatte, auf dem er sich nun dank Vitamin B ausruhte, sondern der Mann, der diesen Job wirklich verdiente.

Stundenlang und über mehrere Wochen hatte er mit Sarah gesprochen, sie darin bestärkt, dass sie noch immer eine vollwertige Frau war. Irgendwann war das Leuchten in ihre Augen zurückgekehrt – und Samuel hatte die Schönheit gesehen, die in ihr steckte.

Auch nach ihrer Entlassung waren sie sich immer wieder begegnet. Scheinbar zufällig manchmal, weil sie, wie sich später herausstellen sollte, ganz in der Nähe wohnte. Meistens aber zum Chemo-Termin. Irgendwann hatten sie die Handynummern ausgetauscht. Und als Sarah ihn eines Abends angerufen hatte, hatte er keine Sekunde gezögert und war zu ihr gefahren.

Es versetzte ihm einen Stich ins Herz, als er jetzt an jene erste Nacht zurückdachte.

An Sarahs tief traurige Augen.

Ihre Berührung.

Den Kuss.

Liebe, die nicht Wahnsinn ist, ist keine Liebe.

Mit diesem Zitat, das er irgendwann einmal irgendwo aufgeschnappt haben musste, hatte er sein Handeln der darauffolgenden Monate und Jahre zu rechtfertigen versucht. Natürlich wusste er es besser. Als geschultem Psychologen war ihm schon damals klar gewesen, dass diese Verbindung ungesund war. Er hatte es nur nicht wahrhaben wollen.

Sarah nahm sich Zeit für ihn, sie war so sanft und zärtlich, ganz anders als die ständig gestresste Nadine. Deshalb hatte er für ein paar Stunden mit ihr alles riskiert – und beinahe alles verloren.

Natürlich hatte Nadine irgendwann Wind von der Sache bekommen und ihm ein Ultimatum gestellt. Und obwohl das erst vor zwei Jahren, lange nach Mias Tod, gewesen war, hatte er sich für seine Ehe entschieden, an der Vorstellung festgehalten, wie es vielleicht eines Tages wieder zwischen ihm und Nadine werden konnte.

Der Bus rumpelte um eine Rechtskurve, und Samuel umklammerte das gelbe Reclam-Heft in seiner schweißnassen Hand noch fester.

Ich habe dir das Buch rausgesucht.

Was für eine nette Geste!

Räumliche Trennung hin oder her, Nadine schien sich in jüngster Zeit wieder mehr Mühe zu geben, die Scherben zu kitten. Er konnte nur hoffen, dass er diese x-te Chance auch verdiente.

Samuel schluckte hart. Irgendetwas an diesen letzten Gedanken ließ ihn sauer aufstoßen, doch er konnte den

Grund nicht festmachen. Der widerwärtige Geschmack kam zurück, verklebte seinen Mund.

Du bist nicht allein.

Was in aller Welt hatte Sarah dazu bewogen, sich heute wieder bei ihm zu melden?

Er legte das Buch auf den freien Sitz neben sich, zog das Handy aus der Jackentasche, löste die Display-Sperre und starrte auf die Nachricht.

Die letzte musste etwa drei Monate her sein. Genau konnte er es nicht sagen, weil er die Texte jedes Mal gewissenhaft löschte.

Du fehlst mir.

Ich will ohne dich nicht leben.

Wir beide gehören zusammen.

Es war irgendetwas in dieser Art gewesen.

Wie immer.

Und wie immer durchlebte Samuel auch jetzt einen Sturm der Gefühle, der die Kater-bedingte Übelkeit um ein Vielfaches verstärkte. Da war zunächst Wut. Auf Sarah, weil sie einfach keine Ruhe geben wollte. Dann auf sich selbst, weil das verdammt noch mal seine eigene Schuld war. Es folgte Ernüchterung, Trauer um eine verlorene Liebe und – auch wenn er sich das ungern eingestehen wollte – eine weitere, überaus unange-brachte Emotion. Er fühlte sich geschmeichelt.

Hör auf damit! Das führt doch zu nichts!

Sein Daumen schwebte zwei Sekunden lang über dem kleinen Mülleimer-Symbol, aber irgendetwas hielt ihn davon ab, es zu berühren.

Stattdessen atmete Samuel tief durch und tippte zum ersten Mal seit der Trennung eine Antwort: »Bitte hör auf mir immer wieder zu schreiben und such dir Hilfe!«

Er runzelte die Stirn, löschte das erste Wort, um der Nachricht mehr Nachdruck zu verleihen und drückte auf *Senden*.

Sarahs Reaktion ließ nicht lange auf sich warten. »???«

Dann, vielleicht eine Sekunde später: »Ganz ehrlich: Du hast sie nicht mehr alle!«

Samuel sog scharf die Luft ein, blinzelte, sah auf — und realisierte, dass der Bus die Haltestelle Benjamin-Franklin längst erreicht hatte. Die Türen waren bereits im Begriff, sich zu schließen.

»Halt!« Er sprang auf und quetschte sich gerade noch durch den Spalt.

Der rechte Knöchel knirschte, als Samuel ungelenk auf dem Gehweg landete. Gleichzeitig atmete er Auspuffgase ein, würgte, kämpfte mit der gewaltsamen Rückkehr der Kater-Symptomatik. Schwindel und Übelkeit trieben ihm Tränen in die Augen.

Allerhöchste Zeit zu funktionieren!

Hinter ihm zischte es. Der Bus rauschte dröhnend davon.

Samuel biss sich auf die Unterlippe und steckte das Handy zurück in die Jackentasche.

Reiß dich zusammen!

Er setzte sich in Bewegung, folgte mit einigem Abstand der Schar aus Ärzten, Pflegern und Besuchern, die über den Campus strömte. Hier, auf dem von Bäumen umrahmten Weg, schien die Luft weit weniger smoggeschwängert. Der Frühlingsmorgen war angenehm kühl.

Auf ans Werk!

Mit jedem Schritt fühlte sich Samuel etwas besser. Er war endlich bereit, sich den Herausforderungen des Tages zu stellen. Gedanken um Nadine, Sarah, ja, sogar die Trauer um Mia musste warten. Er hatte eine Aufgabe zu erfüllen.

Das imposante Gebäude, das jetzt vor ihm aufragte und dessen Fassade angeblich der Struktur einer menschlichen Wirbelsäule nachempfunden war, wurde in Fachkreisen viel gelobt. Samuel jedoch konnte der eigentümlichen Architektur nichts abgewinnen. Für ihn sah es aus, als habe ein mäßig begabtes Riesenbaby Bauklötze aus Beton, Stahl und Glas aufeinandergestapelt.

Über den West-Eingang gelangte er ins Innere. Hier roch es nach einem Mix aus Desinfektionsmittel und menschlichen Ausscheidungen, dem typischen, wohl temperierten Krankenhaus-Mief. Einem verkaterten Besucher wäre wohl augenblicklich wieder übel geworden, doch Samuel war dieser ganz spezielle Odor so vertraut, dass er ihn kaum noch wahrnahm.

Los geht's!

Der Aufzug brachte ihn nach oben, wo er sich zunächst ins System einloggte, um seine Termine zu checken. Die Kalendereinträge schienen seit gestern Abend unverändert – was entweder auf ein Wunder biblischen Ausmaßes zurückzuführen war oder, viel wahrscheinlicher, auf eine grandiose Schlamperei der diensthabenden Ärzte hindeutete.

Krankenhäuser glichen in vielerlei Hinsicht emsig surrenden Bienenstöcken, und wenn ein einziges Bienchen seinen Dienst nicht tat, geriet das ganze Volk aus dem Rhythmus. Samuel kräuselte die Lippen. Er konnte derartige Blindflüge nicht leiden.

Wie oft hatte er zu spät von den suizidalen Absichten eines Patienten erfahren, war in leere oder falsche Zimmer gelaufen, während anderswo dringend seine Hilfe benötigt wurde? Wann würden die vermeintlichen Halbgötter in Weiß den Wert eines guten Psychologen endlich zu schätzen wissen?

Beweise es ihnen!

Samuel atmete tief durch, versuchte, sich die halbwegs gute Laune nicht gleich wieder verderben zu lassen. Während er sich vom Computer abwandte, den Dienstausweis aus der Jackentasche zog und ihn an die Gürtelschlaufe der Jeans klippte, versuchte er, sich mental auf seinen ersten Patienten vorzubereiten.

Zeig es diesen Arschgeigen!

Hans Bauer. Pankreaskrebs im Endstadium. Ein Rentner mit ewig positiver Grundhaltung, der gerne –

Ach Mist!

Erst jetzt realisierte Samuel, dass er das Reclam-Heft, das Nadine extra herausgekramt hatte, nicht mehr in Händen hielt.

Die Räuber fahren zurück nach Zehlendorf. Vielleicht machen sie im Bus eine Party.

Er grinste, kam sich aber sofort albern dabei vor und ließ es wieder bleiben. Stattdessen hängte er mit ernster Miene die Jacke samt Handy, Schlüssel und Geldbeutel in den Spind, bevor er sich auf den Weg zu Hans Bauers Krankenzimmer machte.

Im Stationsflur war es vergleichsweise ruhig.

Frühstückszeit.

Samuel konnte das Klappern von Geschirr hören, das durch die geschlossenen Türen hindurch zu ihm herausdrang.

Vor dem Dienstzimmer entdeckte er seinen Schwiegervater im Gespräch mit Oberschwester Edith. Eine graue Strähne hatte sich aus ihrem streng gebundenen Dutt gelöst und fiel ihr beinahe neckisch ins Gesicht. Die Wangen waren leicht gerötet. Die alte Klatschbase schien die Aufmerksamkeit des Chefarztes sichtlich zu genießen.

Und auch der lächelte breit, während er vom Golfspiel am vergangenen Wochenende berichtete. »Ein perfekter Schlag, kein Zweifel.«

Ob er Interesse an ihr hegte? Immerhin war Norbert seit mehr als zwanzig Jahren Witwer.

Samuel unterdrückte seinerseits ein Grinsen und ging wortlos an den beiden vorbei.

»Überhaupt hat sich mein Handicap deutlich gebessert, seit ich die neuen Schläger habe.«

Hans Bauer lag in der 712, direkt gegenüber dem Dienstzimmer.

Samuel klopfte, wartete jedoch das gewohnt sonore »Herein« nicht ab, sondern trat sofort ein.

»Moment, Herr Holler«, hörte er die Oberschwester noch rufen, »da ist –« Dann fiel die Tür hinter ihm zu.

»Guten Morgen, Herr –« Er brach ab, blieb abrupt stehen und stierte auf das Krankenbett, in dem wider Erwarten kein grauhaariger Senior lag.

Die Decke war zurückgeschlagen, die Laken abgezogen. Auch der Rolltisch war wie leergefegt. Keine Bücher. Keine Süßigkeiten. Nicht einmal die sonst obligatorische Wasserflasche.

Samuel wollte sich wieder der Tür zuwenden, um sich bei Edith nach Bauers Verbleib zu erkundigen, da hörte er plötzlich ein leises Stöhnen. Zu hoch für einen alten Mann. Zu kindlich.

Sein Blick irrte zu dem zweiten Bett im Raum, dem am Fenster – und mit einem Schlag geriet die Welt aus den Fugen. »Mia!«

6

Man sieht den Monstern nicht an, dass sie Monster sind. Mama sagt, das ist das Problem. Es gibt nämlich auch gute Menschen draußen. Manche dürfen sogar ins Haus. Aber wir können den Unterschied nicht sehen. Deshalb muss ich immer vorsichtig und ganz still sein. Damit sie mich nicht finden.

Ich sitze allein in meiner Burg und schaue mich nach etwas um, das ich machen kann. Etwas, das Spaß macht. Aber keinen Krach.

Die Bücher habe ich schon so oft angeguckt, dass die Seiten ganz fledderig sind. Bis auf die grusligen, aber die mag ich nicht sehen. Und Ferdi ist von unserem Ausritt müde geworden. Er schläft in seinem Stall.

Ich schaue durch die Schießscharte ins Zimmer. Mittendrin ist die gefaltete Leiter, die nach unten klappt, wenn der Boden aufgeht. Schräg dahinter, da, wo das Dach so niedrig ist, dass man nicht mehr stehen kann, liegt meine Matratze. In der anderen Ecke steht das alte Dreirad. Da passe ich aber gar nicht drauf, weil ich schon ein großes Mädchen bin. Außerdem machen die Räder viel Lärm.

Die Wasserflasche und das Butterbrot kann ich von hier aus nicht sehen. Ich versuche es, schiebe am Karton, aber es klappt nicht. Dafür rieselt jetzt Staub im Licht. Mama sagt, dann darf man sich was wünschen.

Ich wünsche mir ganz fest, dass alles wie *vorher* wird.

Vielleicht hilft es, wenn ich ein Bild male.

Ich krabble zum Turm, ziehe Block und Stifte raus, lasse mich auf den Po plumpsen und fange gleich an.

Zuerst male ich mich. Blonde Haare, blaue Augen, einen roten Mund und ein Nachthemd. Dafür brauche ich eigentlich Weiß, und das hab ich nicht. Ich könnte mir Hose und T-Shirt mit Blau malen, aber es ärgert mich trotzdem, weil ich Weiß ja später noch mal brauche. Dann fällt mir ein, dass man Weiß auf dem Papier gar

nicht sehen kann. Also nehme ich Schwarz fürs Nachthemd und drücke nur ganz wenig auf. Es sieht hellgrau
aus, und das ist nicht ganz richtig, aber okay.

Jetzt kommt Mama dran. Ich male ihr ein Kleid mit
Lila und ganz vielen, hellblauen Blumen drauf, das bis
zu den Füßen geht, und ein Lächeln ins Gesicht. Genau
so sieht sie aus!

Ich will gerade noch einen Kopf malen, da höre ich,
dass der Boden aufgeht. Sofort lasse ich den Stift fallen
und krabble aus der Burg.

Mama streckt den Kopf ins Zimmer rein. »Bist du
soweit?«

7

Mia sah genauso aus wie er sie sich immer vorgestellt
hatte. *Nein, nicht ganz.*

Natürlich war sie viel blasser. So weiß wie das Laken,
das den schmächtigen Körper umhüllte. Ein Wust grauer
Kabel wand sich aus dem Kragen des OP-Hemds hervor
und schlängelte sich bis zu einem neben dem Bett instal-
lierten EKG-Gerät, das Herzfrequenz und -rhythmus
aufzeichnete und diese als Wellen auf einem Monitor
abbildete. Der linke Arm steckte in einem Gips, aus
dessen Ende nur zwei Finger herausragten.

Die blonden Locken waren nicht hübsch drapiert wie in Samuels Fantasie, sondern lugten nur vereinzelt aus einem dicken Kopfverband hervor. Vielleicht war auch die Nase ein klein wenig spitzer.

Trotzdem gab es keinerlei Zweifel.

»Mia!« Samuels Puls schien für einen Moment auszusetzen. Er schnappte nach Luft, taumelte wie benommen auf sie zu. »Kleines, kannst du mich hören?«

Sie stöhnte, hielt die Augen geschlossen, schien in einem bösen Traum oder einer Erinnerung gefangen.

Er ergriff die Finger ihrer rechten Hand, aus deren Rücken ein Schlauch zu einem Infusionsbeutel führte. Die Haut war eiskalt. »Schhhh. Alles wird gut.«

Die Lider flackerten.

»Ich bin da, Mia, ich bin da. Papa ist ja da.«

»Papa«, echote sie schwach – und Samuels Herz machte einen weiteren Sprung. Sie schien sich in einer Art Delirium zu befinden, rollte den bandagierten Kopf hin und her.

»Mach die Augen auf, mein Schatz. Du bist in der Klinik. Jetzt wird alles gut.« Eine Träne rann seine Wange hinab. Er bemerkte sie kaum. Sein Hals war wie zugeschnürt. »Bitte«, presste er hervor, »bitte, Mia, wach auf! Wach einfach –«

Die Erinnerung übermannte ihn mit der Wucht eines Vorschlaghammers.

Das Krankenzimmer um ihn herum verschwand. Stattdessen sah er sich durch eine kleine Kapelle gehen, beobachtete in einer Art außerkörperlicher Erfahrung von oben, wie eine jüngere Version seiner selbst vor den Kindersarg am Ende des Altargangs trat.

»Bitte«, hörte er den anderen Samuel flüstern, »bitte, Mia, wach auf! Wach einfach auf!«

Der Mann schniefte, wischte sich mit dem Handrücken übers Gesicht. Dann stieß er unvermittelt einen schier animalischen Schrei aus. Er ballte die Finger zu Fäusten und hieb kraftlos auf den hölzernen Deckel ein, unter dem seine Tochter verborgen lag. »Wach auf, verdammt! Wach auf!«

Ein Priester in schwarzer Robe und Nadine, ebenfalls ganz in Schwarz, kamen herbeigeeilt, packten seine Arme und zerrten ihn weg.

»Nein! Lasst mich! Sie muss aufwachen!«

Die beiden rissen ihn zwischen den Reihen leerer Bänke hindurch und aus der Kapelle hinaus.

»Miaaaaa«, brüllte Samuel aus Leibeskräften. »Mia, wach auf!«

Ein leises Wimmern. Direkt vor ihm.

Mit einem Ruck kehrte Samuel in seinen Körper zurück. Das Gebetshaus war weg. Stattdessen war da, verschwommen, das Bett, in dem seine Tochter –

Nein, das ist nicht möglich.

Er blinzelte die Tränen weg.

Mia ist tot!

Abrupt ließ er die fremde Hand los, taumelte zwei Schritte zurück.

Das Mädchen wimmerte erneut.

Beruhige dich!

Samuel kämpfte um Fassung, während in ihm ein Sturm wütete. Sein Magen schien zu einem bleiernen Klumpen verkrampft. Er zitterte unkontrolliert.

Das da kann unmöglich –

Er stutzte, als sein Blick auf das Schildchen fiel, das am Fußende des Bettes unter durchsichtigem Plastik an den Metallrahmen geklemmt war.

Neben der Patientenkennnummer, einer codierten Aneinanderreihung von Zahlen und Buchstaben, stand kein Name, sondern ein einzelnes Wort: *Unbekannt*. Und statt eines Geburtsdatums, im Feld darunter: *~13/14*.

Ungläubig starrte Samuel auf die gedruckten Zeilen, die vor seinen Augen verschwammen, dann deutlich hervortraten, nur um kurz darauf wieder unleserlich zu werden.

»Mia«, stieß er hervor, so leise jedoch, dass ihn das Mädchen unmöglich hören konnte. Dann versagte ihm gänzlich die Stimme.

Dein Name ist Mia. Du wurdest am achten Oktober –

Mach dich nicht lächerlich, mischte sich die Vernunft ein – und Samuel wurde schmerzlich bewusst, dass sie recht hatte. Das verdammte Schild bedeutete überhaupt nichts. Genauso wenig wie die Ähnlichkeit. Es musste sich alles um einen Zufall handeln.

Du bist nicht Mia. Du kannst es nicht sein.

Ihm wurde heiß. Die Handflächen waren schweißnass. Seine Seele stand in Flammen. *Mia ist tot.*

Die Sprungfeder des Schachtelteufels war zum Zerreißen gespannt. Jede Sekunde würde die Verzweiflung wieder aus Samuel herausbrechen, ihn in den Wahnsinn treiben. Diesmal für immer.

»Schhhh«, machte er und wusste selbst nicht, ob er damit seine Nerven beruhigen wollte oder die Jugendliche, die im Delirium weiterhin unablässig wimmerte.

Sie braucht Hilfe!

Der Gedanke half ihm, zu Verstand zu kommen. Wenn auch nur knapp.

Du hast eine Aufgabe!

»Schhhh.« Wie ein Roboter stakste Samuel auf das Mädchen zu.

Zeit zu funktionieren!

Er drückte auf den Klingelknopf, der am Galgen über dem Bett baumelte.

Ein Seufzen. Schmerzerfüllt. Gequält.

Ihm wurde schwindlig, aber er hielt durch.

Das ist nicht Mia!

»Du brauchst keine Angst zu haben. Ich bleibe bei dir, bis eine Schwester kommt.« Mechanisch legte er wieder die Hand um die eiskalten Finger. »Alles wird gut. Du bekommst gleich Medikamente.« Sein Blick glitt zu dem Pflaster an der Injektionsstelle, folgte dem dünnen Schlauch bis zu dem Beutel, aus dem eine durchsichtige Flüssigkeit tropfte. »Mehr Medikamente.«

Ein unverständliches Murmeln.

Samuel drehte den Kopf wieder herum. »Schhhh.«

Die Lider des Mädchens zuckten. »Papa ...«

Er schluckte hart gegen den Kloß im Hals. Die Eingeweide krampften und brannten.

Sie ist nicht Mia!

»Alles wird gut«, presste er hervor. »Wenn du mir sagst, wie dein Papa heißt, können wir ihn anrufen.«

Ein neuerliches Wimmern.

Wo bleibt die verdammte Schwester?!

»Gleich geht's dir besser, versprochen.« Mit der freien Linken drückte Samuel noch einmal auf den Rufknopf. »Du bekommst mehr Medikamente und kannst schlafen«, brabbelte er in einem monotonen Singsang weiter. »In der Zwischenzeit rufen wir deinen Papa an, damit er herkommt. Alles wird gut. Du musst mir nur sagen —«

Das Mädchen riss die Augen auf – *tiefblaue Augen, Mias Augen!* – und die Flammen in Samuels Seele gefroren zu Eis.

»— wie dein Papa heißt«, hörte er sich selbst sagen, obwohl die Antwort nun zweifellos auf der Hand lag.

»Samuel!«

Das leise gehauchte Wort hallte in seinem Schädel ohrenbetäubend laut wider.

Gleichzeitig verwandelte sich der Gesichtsausdruck seines Gegenübers. Die Mimik wechselte von Schmerz, hin zu Überraschung. Oder war das Erleichterung? Ja, ganz sicher!

Sie hat mich erkannt!

Samuel blieb keine Zeit, sich darüber zu freuen. Denn plötzlich war da nur noch blankes Entsetzen.

Mia riss den Mund auf – und schrie.

8

Der Schrei schmerzte in Samuels Ohren und seinem Herzen. Nur mit Mühe widerstand er dem Drang selbst loszubrüllen, Verwirrung, Verzweiflung, Schock und die plötzlich einsetzende, schier animalische Angst wie ein verletztes Tier herauszukreischen.

Wir haben sie beerdigt!

Das alles war zu viel für ihn.

War der Sarg leer?

Sein Herz raste.

Sie hat Angst vor mir!

Er ließ Mias Finger los und taumelte einen Schritt zurück.

Weshalb hat sie Angst vor mir?!

Das Krankenzimmer schwankte um ihn herum als habe ein Erdbeben die Klinik erfasst. Deshalb dauerte es weitere, quälende zwei Sekunden, bis er realisierte, dass das Mädchen längst nicht mehr ihn ansah, sondern an ihm vorbeistarrte.

Noch ehe er diese Information verarbeiten konnte, packte ihn eine Hand an der Schulter und riss ihn herum.

»Machen Se doch ma' Platz!«

»Was?« Samuel hatte den Mann noch nie gesehen. Er war groß, sicher eins neunzig, und unglaublich muskulös, hatte einen breiten Stiernacken und eine vor Schweiß glänzende Glatze.

Mia kreischte weiter.

»Halt, stopp! Ich —«

»Jehn Se beiseite, Mensch!« Der Hüne stieß Samuel unsanft ein Stück nach links.

Er taumelte, beobachtete gleichzeitig, wie der Fremde den massigen, über und über tätowierten Arm hochriss. Die Muskeln sprengten beinahe die Naht des hellblauen Ärmels und –

Moment mal!

Mias Schrei ging in ein klägliches Japsen über.

Der Mann drehte am Rollschieber der Infusion.

Er trägt Pflegerkluft!

Die Woge der Erleichterung, die Samuel mit einem Mal durchflutete, brachte ihn erneut ins Wanken. Er klammerte sich am Metallrahmen des Bettes fest, spürte, wie sein Puls sich etwas beruhigte.

»Besuch is' hier aktuell jar nich' erlaubt«, maulte der Hüne, nun wieder ihm zugewandt.

»Ich ...«, keuchte Samuel atemlos, »ich ... bin hier angestellt.«

Sein Gegenüber hob zweifelnd die rechte Augenbraue, was angesichts seines Allgemeinzustands kaum verwunderlich war.

»Doch, ich ...« Er deutete auf den Ausweis, der an der Gürtelschlaufe baumelte. »Ich heiße Samuel Holler. Ich arbeite hier als —«

Noch ehe er sich erklären konnte, platzte Doktor Dorian Krause in den Raum.

Ausgerechnet!

»Herr Holler, was suchen Sie denn hier?« Der Arzt hielt eine mit einer farblosen Flüssigkeit gefüllte Spritze ohne Kanüle vor sich.

Mia wimmerte lautstark.

Samuel schluckte. Ihm war noch immer schwindlig. Der Schädel pochte. »Das ist —«

»Machen Sie, dass Sie hier rauskommen!«

Er wollte protestieren, aber Krauses Blick hielt ihn davon ab. Stattdessen atmete er tief durch und taumelte gehorsam Richtung Tür. Trotz des unsagbaren Getöses in seinem Kopf, wurde ihm nun klar, dass er in diesem Moment nichts für seine Tochter tun konnte.

Er musste erst selbst zur Ruhe kommen, einen klaren Gedanken fassen.

Was wird hier bloß gespielt?

Und auch wenn er den Arzt nicht ausstehen konnte, wusste er seine Tochter bei ihm doch in guten Händen. Immerhin war Krause einer der besten. Seine Quote war makellos.

Zumindest fast ...

Mia heulte ein weiteres Mal auf wie ein geschundenes Tier. Dann folgte ein herzzerreißendes Schluchzen.

Samuel unterdrückte das Unbehagen, das sich in seine Gedärme fraß. Seine Tochter war am Leben. Das war alles, was zählte. Die Schmerzen würden vergehen.

Diesmal kann Krause ihr helfen.

Aber ... wo war sie all die Zeit?

Er verließ das Zimmer. Bevor er die Tür hinter sich schloss, sah er noch, wie der Arzt sich über Mia beugte und den Inhalt der Spritze in den Zugang an ihrem Handrücken drückte.

Was ist mit ihr passiert? Wie ist sie hierhergekommen?

Er drehte sich um und eilte ins gegenüberliegende Dienstzimmer.

»Herr Holler«, begrüßte ihn die Oberschwester, kaum dass er es betreten hatte. Der Bürostuhl ächzte unter ihrem Gewicht, als sie sich Samuel zuwandte. »Sie sehen ja aus, als hätten Sie einen Geist gesehen!« Die lose Haarsträhne war noch da. Aber die Wangen waren nicht mehr gerötet, sondern gräulich. Die Mundwinkel hingen herab. »Hat Ihnen unsere kleine Jane einen Schrecken eingejagt?«

Samuel, der gerade einen Redeschwall aus mindestens einem Dutzend Fragen auf sie hatte abfeuern wollen, stutzte. »Jane?«

»Na, wie in den Krimi-Sendungen.« Jetzt schlich sich doch ein kleines Lächeln in das faltige Gesicht. »Jane Doe.« Sie zuckte die Achseln. »Irgendwie müssen wir sie ja nennen. Und ›die Unbekannte‹ ist ziemlich sperrig, finden Sie nicht?«

»Sie ist nicht unbekannt«, platzte es aus Samuel heraus. »Sie heißt Mia und ist dreizehn Jahre alt. Sie ist meine Tochter, und sie –« Er brach ab.

Edith hatte nie große Stücke auf ihn gehalten. Jetzt zweifelte sie – *mal wieder* – an seinem Verstand. Er konnte es in ihrem Gesicht sehen. Die Lippen waren gekräuselt, die Augenbrauen nach oben gezogen.

Sie war bei der Beerdigung! Sie weiß, dass Mia –

»Herr Holler ...«, sagte die Oberschwester in betont ruhigem Tonfall, ganz so wie sie es vor Jahrzehnten in der Ausbildung gelernt haben musste, »ganz langsam.«

»Ich weiß, dass sich das verrückt anhört, aber sie ist meine Tochter! Ich habe sie erkannt! Und sie mich auch! So verstehen Sie doch!«

»Ich verstehe. Ich höre Ihnen zu.«

Sie glaubt, ich habe einen Nervenzusammenbruch! Wäre ja nicht das erste Mal ...

»Herr Holler, soll ich Ihre Frau anrufen?«

»Nein!«

»Aber Nadine würde bestimmt —«

»Nein, schon gut«, versuchte er es nun selbst bemüht ruhig. »Sie muss nicht kommen. Ich habe —«

»Sie haben das Mädchen gesehen«, immer noch der alberne Singsang, »und das hat Sie an Ihre verstorbene Tochter erinnert.« Edith schielte zum Medikamentenschrank. »Das ist doch verständlich.«

Das hat keinen Sinn! Sie glaubt mir nie!

»Ja«, ruderte Samuel zurück und gab sich dabei alle Mühe, das Zittern in seiner Stimme zu verbergen. »Das ... das war es wohl. Bitte entschuldigen Sie, falls ich Sie erschreckt habe.«

Sie setzte ein Lächeln auf, aber die Augen spielten das Spiel nicht mit. »Kein Problem. Jetzt ruhen Sie sich erst einmal einen Moment aus.«

Er nickte, ging an ihr vorbei zur Kaffeemaschine und spürte den prüfenden Blick im Nacken, während er sich eine Tasse eingoss.

So wird das nichts! Ich muss mit jemandem sprechen, der Mia kennt. Jemandem wie ... ihr Opa!

Seine Muskulatur verkrampfte sich. Er musste sich alle Mühe geben, nicht sofort aus dem Raum zu rennen und damit den Verdacht der Oberschwester noch zu erhärten.

Alles wird gut. Mia ist in Sicherheit.

Samuel nahm die Tasse und setzte sich an den kleinen Gemeinschaftstisch, von wo aus er zumindest Mias Tür im Blick hatte.

Alles andere wird sich bald aufklären.

Noch immer schwirrte ihm der Kopf, als habe jemand einen Schwarm Bienen darin ausgesetzt. Die Brühe, die man hier wohlwollend als Kaffee bezeichnete, brachte die Übelkeit zurück. Trotzdem trank er tapfer Schluck um Schluck.

Edith nickte zufrieden. »Geht es wieder?«

»Ja, danke. Alles okay.«

»Dann ist ja gut.« Sie drehte sich auf dem Bürostuhl um und schaute wieder auf den Computer-Monitor.

Samuel hörte die Tastatur klappern, während er vergeblich gegen die nagende Verzweiflung kämpfte, die sich zusammen mit dem jetzt einsetzenden Sodbrennen durch Magenwand und Speiseröhre fraß.

Alles wird gut.

Nach einigen Minuten des Wartens beobachtete er, wie der hünenhafte Pfleger aus Mias Zimmer trat und nach links aus seinem Sichtfeld stampfte. Kurz darauf kam auch Doktor Krause heraus. Er strich sich mit der

Hand durch das plattgegelte, blonde Haar wie ein Gigolo, ehe er das Dienstzimmer betrat.

»Sie schläft«, informierte er die Oberschwester mit einem fast prahlerischen Grinsen. Dann warf er Samuel einen mürrischen Blick zu, fuhr herum und entschwand.

Ein Halbgott in Weiß wie er im Buche steht ...

Samuel trank den letzten Schluck Kaffee aus, bevor er betont lässig aufstand. Er stellte die Tasse in die Spüle und wandte sich zum Gehen, entschied sich dann aber doch, einen letzten Versuch zu wagen, durch Edith an Informationen zu gelangen.

»Die Jugendliche ...«, begann er vorsichtig, »Jane ...«

Die Oberschwester unterbrach ihre Arbeit, drehte den Kopf in seine Richtung. »Was ist mit ihr?«

»Was ... was fehlt ihr denn?«

Er konnte sehen, wie sie mit sich rang. »Sie rasten mir jetzt nicht gleich wieder aus, oder?«

»Versprochen.«

Zwei weitere Sekunden. Ein prüfender Blick.

Samuel hielt die Luft an.

Dann siegte die Geschwätzigkeit. »Armes Mädchen. Multiple Verletzungen im Abdomen, innere Blutungen. Eine lebensbedrohliche Hirnschwellung und natürlich jede Menge Hämatome. Zwei Frakturen am linken Arm. Die Blutzufuhr zur Hand war längere Zeit unterbrochen, weshalb die Chirurgen drei Finger amputieren mussten.« Ediths üppiger Busen hob und senkte sich in einem tiefen Seufzer. »Ich habe selbst zwei Mädels, wissen Sie, aber die sind natürlich schon groß. Ich begreife einfach nicht, wie jemand einem Kind so etwas antun kann! Die Welt geht vor die Hunde, wenn Sie mich fragen.«

Samuel hatte das Gefühl, an seiner eigenen Spucke zu ersticken. Er räusperte sich. »Wer ...?«

Die Miene der Oberschwester verfinsterte sich noch mehr. »Das weiß man nicht. Ich war auch nicht da, als sie eingeliefert wurde. Der Michael Sturm vom Rettungsdienst, mit dem trinke ich morgens ja manchmal einen Kaffee, wenn er Schluss hat und bevor ich anfange. Und der sagt, eine Joggerin hat das Mädchen gestern spätabends allein und bewusstlos auf dem Spielplatz im Dreipfuhlpark gefunden.«

Samuels Herz setzte einen Takt aus. Er spürte einen stechenden Schmerz in der Brust und gleichzeitig den Drang sich zu übergeben.

Im Dreipfuhlpark!

Nur ein paar Minuten von unserem Haus entfernt!

9

»Ich komme!«

Mamas Kopf verschwindet, und ich steige ins Loch. Wenn ich auf der Leiter bin, muss ich ganz vorsichtig sein und mich gut festhalten, sonst falle ich runter. Einmal ist mir das passiert; das tat weh und gab ganz viel Ärger.

Unten ist die Treppe, die noch weiter runtergeht, aber da darf ich nicht hin. Dann ist da noch das Bad, das Zimmer mit dem großen Bett und noch eine Tür. Die ist immer zu.

Manchmal, wenn ich allein in der Burg bin und ganz leise, dann höre ich Geräusche in dem Zimmer. Jetzt ist es aber natürlich ganz still.

»Komm!« Mama nimmt meine Hand und geht mit mir ins Bad.

Erst darf ich aufs Klo.

Mama wartet und guckt mich dabei ganz komisch an.

Ich trau mich nicht zu fragen, warum, weil ich nicht will, dass sie weint. Das passiert ihr manchmal, und das ist nicht gut.

Nach dem Pipimachen drücke ich auf den Knopf. Das Wasser rauscht ganz laut. Ich mag das.

»Raus aus den Sachen!« Mama lächelt, und das mag ich auch.

Ich steige aus der Unterhose, die ja schon an meinen Füßen liegt. Dann ziehe ich das Nachthemd über den Kopf und werfe es auch auf den Boden. Ich nehme den Waschlappen und mache mich sauber. Besonders unter den Armen und zwischen den Beinen. Da ist es ganz wichtig, sagt Mama, weil man sonst stinkt.

Danach darf ich Hose und T-Shirt anziehen. Beides ist blau. Das ist meine Lieblingsfarbe.

»Fertig?«

Ich nicke. Dann klettern wir beide nach oben in mein Zimmer. Ich muss lesen üben. Das kann ich ganz gut;

ich bin ja schon acht. Nur bei den langen Wörtern muss Mama mir helfen.

»Holst du das Buch?«, fragt sie, und das mache ich.

Ich gehe auf die Knie und krabble in die Burg.

Das Buch zum Üben ist ein großes. Es hat kein weißes Papier, sondern grau-gelbes, das noch fledderiger ist als bei den andern, und es sind Buchstaben und Tiere drauf.

Drei, lese ich die Zahl unter dem Zebra im Kopf und mache eine Pause, weil man das so macht, wenn da ein Punkt steht. Danach kommt ein Wort, das ich nicht kenne: *Klasse.*

Ich will das Buch mit zu Mama nehmen, damit ich es ihr vorlesen kann – da klingelt es plötzlich ganz laut.

Vor Schreck beiße ich mir auf die Zunge.

Durch die Schießscharte kann ich Mama sehen. Sie schaut mich mit großen Augen an und legt einen Finger auf den Mund.

Ich halte die Luft an.

Mama dreht sich um und geht ganz leise zum Fenster im Dach.

Ich kann dadurch nur das Himmelsviereck sehen, auch wenn ich davorstehe, aber Mama ist größer als ich und sieht mehr.

Es klingelt noch mal. Ganz laut und schrill.

Ich will mir die Ohren zuhalten, aber ich traue mich nicht mich zu bewegen.

Mama winkt mit der Hand – und ich bewege mich doch. Ganz vorsichtig krabble ich nach ganz hinten in der Burg. Da, wo das Dach so tief ist, dass man nicht stehen kann, ist eine Klappe in der Wand. Dahinter ist unser Geheimversteck.

Ich krabble rein und warte. Mein Hals tut weh, als wäre ein Knoten drin.

Mama kommt, auf Händen und Knien, den Kopf eingezogen, ganz langsam, damit sie nicht gegen die Kartons stößt. Sie drückt sich neben mich und zieht die Klappe zu.

Jetzt ist es ganz dunkel. Es ist eng und riecht nach Stinkefuß; trotzdem mag ich es. Es fühlt sich fast wie Kuscheln an.

Ich hab auch nicht mehr viel Angst. Wenn wir keinen Krach machen, können uns die Monster in unserem Geheimversteck nämlich nicht finden.

»Welches ist es?«, frage ich Mama, so leise ich kann.

»Das mit der gelben Jacke.«

Jetzt höre ich auch das Klappern von unten.

Das macht das gelbe Monster immer, wenn es kommt. Es klingelt und klappert. Manchmal sagt es auch was, aber ins Haus darf es nie.

10

Ohne anzuklopfen platzte Samuel ins Eck-Büro seines Schwiegervaters.

Norbert blickte von den Unterlagen auf, die vor ihm auf dem Schreibtisch lagen, und runzelte verwundert die Stirn. »Samuel!« Der immer lichter werdende Haarkranz war so weiß wie der Arztkittel. Die Haut dagegen sah aus wie gegerbtes Leder, zeugte von viel Sonne, vom jahrelangen, ausgiebigen Golfen. »Haben wir einen Termin?«

»Ich habe Mia gesehen«, überging Samuel die Frage. »Sie wurde letzte Nacht eingeliefert und operiert! Sie lebt und liegt in Zimmer siebenhundertzwölf!«

Norberts Schultern sackten herab. »Geht das jetzt wieder los?«

Mist!

Er glaubte ihm nicht. Genauso wenig wie Edith. Und Samuel konnte es den beiden nicht einmal verdenken. In den Monaten und Jahren nach Mias – *vermeintlichem* – Tod, hatte er sie immer wieder gesehen. Auf den Fluren, in den Zimmern, in der Cafeteria, einmal sogar in Schwesternkluft.

»Diesmal ist es aber anders!«, beschwor er seinen Schwiegervater. »Sie hat mich erkannt!«

»Wie meinst du das?«

»Sie hat mich ›Papa‹ genannt!«

Norbert zögerte. »Unter Medikamenteneinfluss?«

»Ja, schon«, musste Samuel zugeben. »Aber sie kennt auch meinen Namen!«

Für den Bruchteil einer Sekunde veränderte sich die Miene seines Gegenübers. Samuel meinte, Hoffnung darin aufkeimen zu sehen und spürte ein Aufflammen des Triumphes.

Ja! Er ist ihr Opa! Er muss –

Dann schüttelte sein Schwiegervater den Kopf und deutete stumm auf Samuels Körpermitte.

Er sah an sich hinab, entdeckte den Dienstausweis, der wie gewohnt an der Gürtelschlaufe hing und auf dem, neben dem Klinik-Logo, in großen, fetten Lettern der Name »Samuel Holler« prangte.

»Sie hat deinen Namen abgelesen. Meine Patienten machen das auch ständig.«

Er dachte darüber nach. Es war nicht unmöglich, dass das Mädchen zwischen geschlossenen Augenlidern hervorgelinst und dabei den Ausweis entdeckt hatte. Aber doch eher unwahrscheinlich. Und davon abgesehen ...

Es ist Mia!

Diesmal ist sie es wirklich!

»Du verstehst das nicht«, fuhr er Norbert an. Etwas zu laut. Zu barsch. Selbst in seinen eigenen Ohren klang er wie ein Irrer. Er senkte die Stimme. »Keiner weiß, wer sie ist. Sie wurde im Dreipfuhlpark gefunden und als Unbekannte hier eingeliefert. Sie ist im richtigen Alter, hat blonde Haare und blaue Augen. Es *ist* Mia!« Jetzt verlor er doch die Geduld. »Komm mit und überzeug dich selbst, wenn du mir nicht glaubst!«

Norbert machte einen resignierten Gesichtsausdruck und stöhnte leise. »Also gut. Sehen wir uns die Akte an.«

Samuel wäre ein gemeinsamer Besuch bei Mia lieber gewesen, aber er nickte dankbar.

»In welchem Zimmer, sagtest du, liegt die Patientin noch gleich?«

»Siebenhundertzwölf.« Während sein Schwiegervater die Maus anstupste und die Information anschließend ins System eintippte, ging er um den Schreibtisch herum und trat hinter Norbert. Jetzt konnte er über dessen Schulter hinweg den Bildschirm und damit die Krankenakte sehen.

Zuerst war da ein kleines Porträtfoto, das wohl in der Notaufnahme geschossen worden war und der späteren Identifizierung dienen sollte. Mias Kopf lag auf einer dunkelblauen Trage. Die Locken lagen darum verteilt wie ein Heiligenschein. Die Haut war ganz bleich, die Augen geschlossen.

»Siehst du!? Sie ist es!«

Norbert brummelte. »Zugegeben, eine Ähnlichkeit besteht. Aber du glaubst doch nicht wirklich, dass —«

»Alles passt!« Samuel zeigte aufgeregt auf die tabellarischen Einträge neben dem Bild.

Sein Schwiegervater runzelte die Stirn, blieb nach wie vor skeptisch und schwieg, während er die wenigen Zeilen studierte.

Das Aussehen, das Alter, der Fundort! Er muss doch auch merken, dass —

»Ha!« Samuels Oberkörper ruckte ein Stück nach vorn. Der ausgestreckte Finger pochte hart gegen das Glas des

Monitors. »AB positiv! Das ist Mias Blutgruppe! Und die ist selten!« Ein Gefühl des Triumphes durchflutete ihn.

Norbert drehte sich auf dem Bürostuhl zu ihm um, wiegte den Kopf hin und her. »Mag sein. Aber ›selten‹ bedeutet in diesem Fall, dass immer noch vier Prozent der deutschen Bevölkerung diese Blutgruppe haben. Das sind –«, er schien die Zahlen in Gedanken zu überschlagen, »– fast dreieinhalb Millionen Menschen!«

»Die sehen aber nicht alle genauso aus wie Mia!« Samuel fühlte sich wie betäubt, aber er wollte, nein, er *konnte* nicht aufgeben. »Sie ist es! Bitte glaub mir doch!«

Wieder ließ sein Schwiegervater ein Stöhnen hören. Die Schultern sackten kraftlos herab. »Sie ist tot. Ich weiß, dass du das nicht hören willst, Samuel, aber so ist es. Mia ist damals im Krankenwagen gestorben. Nadine war dabei. Die Sanitäter konnten sie nicht zurückholen. Und auch Doktor Krause hat alles getan, was in seiner Macht stand, als sie hier ankam, aber er konnte nur noch den Tod feststellen.«

»Aber sie –«

»Du *weißt* das alles. Du hast die Leiche gesehen. Trotzdem willst du es einfach nicht akzeptieren.« Norberts Augen wurden ein wenig glasig. »Und jedes Mal, wenn du hier reinstürzt, wenn du mal wieder überzeugt bist …« Seine Stimme brach. Er schluckte hörbar. »Dann reißt du damit eine Wunde auf, verstehst du das nicht?!«

»Doch, aber diesmal –«

»Was?!«, herrschte Norbert ihn an. »*Diesmal* ist alles anders?! Diesmal ist Mia von den Toten auferstanden?!«

Ja! Samuel biss sich auf die Unterlippe, kämpfte selbst gegen die Tränen.

»Sag mir, was ich tun kann«, fuhr sein Schwiegervater ein wenig sanfter fort. Mit einem Mal sah er viel älter aus als er ohnehin schon war. Wie achtzig, statt rüstiger siebenundsechzig. »Sag mir, wie ich dich davon überzeugen kann, dass diese Patientin nicht Mia ist!«

Er wird mir nie glauben!

Samuels Gedanken rasten, prallten wie eingesperrte Fliegen gegen die Schädelwände. Es gab keinen Ausweg.

Für ihn zählen nur Fakten ...

Er war im Begriff aufzugeben, wollte sich abwenden und gehen, da kam ihm noch eine Idee. »Wir machen einen DNA-Test!«

Norbert verzog den Mund zu einer säuerlichen Grimasse. »So einfach ist das nicht. In Deutschland muss ein richterlicher Beschluss oder die Einwilligung der Erziehungsberechtigten vorliegen, um —«

»Ich bin ihr Vater!«

Bist du nicht, las Samuel in der Mimik seines Gegenübers.

Einige Sekunden lang starrten sich die beiden an wie zwei Zwingerhunde vor dem alles entscheidenden Kampf.

Dann zuckte Norbert resigniert die Achseln. »Meinetwegen. Ich versuche, mit den Kollegen im Labor was zu drehen.«

Die Erleichterung trieb Samuel endgültig Tränen in die Augen. »Danke!«

»Aber ich kann nichts versprechen!«

»Ja, okay.«

»Und jetzt geh!« Sein Schwiegervater vertiefte sich wieder in die Dokumente neben der Tastatur. »Du hast schließlich Patienten.«

Die hatte Samuel im Feuereifer glatt vergessen. Jetzt musste er wieder an Hans Bauer denken. War der Rentner in ein anderes Zimmer verlegt worden? Oder zwischenzeitlich verstorben? Auch das gelbe Reclam-Heft kam ihm wieder in den Sinn, und er fragte sich unwillkürlich, ob die *Räuber* noch immer im Bus zwischen Dahlem und Steglitz hin und her gondelten.

Er sah auf die digitale Zeitanzeige in der Ecke des Computermonitors und entschied, auf die ihm zugewiesene Station zurückzukehren. Er würde noch einmal nach der sicherlich friedlich schlafenden Mia sehen und sich anschließend um all die anderen Menschen kümmern, die heute seiner Hilfe bedurften.

Norbert macht einen DNA-Test.

Mehr kann ich aktuell nicht für dich tun, mein Schatz.

Insofern die restlichen Kalendereinträge stimmten, sollte er längst bei Manuela Lang sein, einer Mittdreißigerin, deren Ärzte nur noch auf das finale Okay für die Entlassung warteten. Die Schmerzmittel, die man ihr verordnet hatte, konnten überdosiert zum Tod führen. Samuel musste ausschließen, dass die Frau Selbstmord-Gedanken hegte, bevor man sie nach Hause schickte. Standardprozedere. Trotzdem eine wichtige Aufgabe.

Dann mal los!

Er wandte sich zum Gehen.

»Aber, Samuel«, hielt sein Schwiegervater ihn zurück, »du darfst niemandem von diesem Test erzählen! Wir brechen damit das Gesetz. Verstehst du das?«

Er nickte emsig.

»Und deinen Verdacht verschweigst du besser auch. Sonst halten dich alle für verrückt! Hmm. Naja ... für verrückter als ohnehin schon ...«

Samuel dachte an das Gespräch mit Oberschwester Edith zurück, und ihm wurde wieder flau im Magen.

»Erzähl niemandem davon! Schon gar nicht Nadine! Es würde sie nur unnötig aufwühlen.«

11

Ich komme, Mia!

Im Stationsflur herrschte reger Betrieb. Es klapperte und scheppterte unablässig. Offenbar hatten die Kantinenmitarbeiter damit begonnen, die Frühstückstabletts einzusammeln und auf die dafür vorgesehenen Metallwagen zu stapeln. Auch Schwestern und Pfleger eilten von Zimmer zu Zimmer.

Samuel legte gerade die Hand auf die Türklinke des Zimmers 712, als ihn jemand an der Schulter packte.

Er fuhr herum und erwartete, wieder dem fremden Hünen gegenüber zu stehen. Stattdessen war da Krause, der ihn sichtlich erbost anstierte. »Unterstehen Sie sich, dieser Patientin noch ein einziges Mal nahezukommen!«

Samuel spürte, wie kleine Speicheltröpfchen auf seinen Wangen und der Stirn landeten, und taumelte rückwärts gegen die Tür.

Ein ältlicher Herr, der gerade im Schlafanzug einen Spaziergang über den Flur unternahm, warf den beiden einen verwunderten Blick zu, bevor er weitertaperte.

»Schwester Edith hat mir bereits erzählt, dass Sie fast schon wieder einen Nervenzusammenbruch hatten.«

Natürlich hat sie das …

Samuel hatte keinerlei Zweifel daran, dass das Gerücht in Windeseile die Runde machen würde. Das gesamte Klinikpersonal würde ihn für plem-plem halten – *Hmm. Naja … für verrückter als ohnehin schon.* – und ihn künftig erst recht –

»Was zum Geier hatten Sie überhaupt in dem Zimmer zu suchen?«, keifte der Arzt weiter. »Diese Patientin ist Ihnen überhaupt nicht zugeteilt! Und das völlig zurecht, wie Sie ja wohl eindeutig bewiesen haben.«

Jetzt entdeckte Samuel den grobschlächtigen Pfleger doch noch im Augenwinkel. Er stand etwa fünf Meter entfernt, lässig an die Wand gelehnt, beobachtete, wie Krause ihn runtermachte, und grinste süffisant.

»Sie hatten nichts, *absolut gar nichts,* in diesem Zimmer zu suchen!«

Mit einem Mal packte Samuel die Wut. »Jetzt reicht's aber!« Er machte den Rücken gerade, sodass er den Arzt um einen halben Kopf überragte. »Wenn *Sie* den Plan aktualisiert hätten, wäre ich doch vorhin gar nicht erst in das Zimmer reingerannt!«

Immerhin hatte Krause den Anstand, ein wenig kleinlaut zu wirken.

»Wissen Sie, was ich da drin zu suchen hatte?! Hans Bauer habe ich gesucht! So sieht's nämlich aus!« Zu gern hätte Samuel dem arroganten Arschloch noch entgegengeschleudert, dass er *seine Tochter* besuchen durfte, wann immer er wollte. Er riss sich gerade noch am Riemen.

Und deinen Verdacht verschweigst du besser auch. Sonst halten dich alle für verrückt, hörte er seinen Schwiegervater sagen.

Allerdings war dieses Kind längst in den Brunnen gefallen. Samuel konnte nur noch so tun, als sei die Phase vorbei.

»Ach, Sie wissen doch wie das ist«, maulte Krause, jetzt zumindest etwas leiser. »Manchmal fehlt einfach die Zeit für den Papierkram. Herr Bauer ist gestern Abend verstorben. Das war ja leider zu erwarten.« Er sah kurz zu Boden, fuhr dann aber sofort wieder auf: »Aber das tut doch jetzt überhaupt nichts zur Sache! *Sie* haben meine Patientin schwer verstört! Nadine hatte vollkommen recht: Sie hätten nach dem Tod ihrer Tochter nie an dieses Klinikum zurückkehren dürfen!«

Samuel stutzte, fühlte sich ein weiteres Mal wie vor den Kopf geschlagen. »Wann haben Sie mit meiner Frau gesprochen?«

»Gestern.« Sein Gegenüber zögerte, schien kurz zu überlegen. »Sie war hier, um ihre ehemaligen Kollegen zu besuchen und sich zu erkundigen, ob sie ihre Stelle wieder antreten kann.« Ein hämisches Grinsen huschte über Krauses Gesicht. »Hat sie Ihnen das nicht erzählt?«

Samuel dachte an Nadines verheultes Gesicht und den zerschlissenen, rosa Bademantel. Er konnte sich beim besten Willen nicht vorstellen, dass sie wieder arbeiten wollte. Trotzdem gab er sich alle Mühe, nicht überrascht auszusehen. »Doch, natürlich hat sie mir das gesagt.«

Haben wir uns deshalb gestern gestritten?

Er konnte sich nicht erinnern.

Aber warum, wenn sie doch endlich wieder arbeiten will?!

»Was die Patientin angeht«, sagte Krause, plötzlich überraschend versöhnlich, »schlage ich vor, Sie lassen mich jetzt einfach meinen Job machen. Sie ist nur eine Obdachlose, weiter nichts.«

Samuel sog scharf die Luft ein und war froh, dass er den beruhigenden Druck der Tür im Rücken spürte.

Schhh. Alles wird gut. Es wird sich alles aufklären.

»Sie ist stark unterernährt und hatte jede Menge Opiate und Benzodiazepine im Blut – ein durchaus beliebter Cocktail in Szenekreisen. Der Zustand der inneren Organe, einmal abgesehen von den frisch zugefügten Verletzungen, und die insgesamt schlechte körperliche Verfassung weisen auf eine Langzeitanwendung dieser Substanzen hin. Dazu kommen die Medikamente, die sie von uns bekommen hat.« Der Arzt setzte ein mitleidiges Lächeln auf. »Was auch immer vorgefallen sein mag, als Sie da vorhin bei ihr waren, vermutlich hat sie halluziniert.«

Samuel wusste nicht, was er erwidern sollte. Er wollte sich gar nicht ausmalen, was Mia in all den Jahren durchgemacht haben musste.

»So oder so: Schwester Edith hat die Beamten bereits darüber informiert, dass das Mädchen aufgewacht ist.« Krause wirkte alles andere als glücklich über diesen Umstand. »Heute Nacht stand ihr Leben auf der Kippe. Jetzt ist sie sediert, aber stabil. Polizei und Jugendamt werden sich um alles Weitere kümmern.«

Mit einem Schlag kehrte der Kater zurück. Samuel schmeckte bittere Galle im Mund und fühlte sich unsagbar matt und ausgelaugt.

»Und *Sie*«, sagte der Mediziner prompt, »gehen jetzt besser nach Hause und ruhen sich aus, bevor Sie für noch mehr Wirbel sorgen.«

Auf keinen Fall!

Samuel schüttelte energisch den Kopf.

Ich muss für Mia da sein!

»Sie ist –« Er stockte, wählte die folgenden Worte mit Bedacht, um sich nicht zu verraten. »Abgesehen von den körperlichen Verletzungen, hat die Patientin ein schweres seelisches Trauma erlitten. Es wäre sinnvoll, möglichst zeitnah mit ersten Therapiemaßnahmen zu beginnen.«

»Das kann eine Ihrer Kolleginnen übernehmen.«

Samuel überging die Spitze. Tatsächlich war er der einzige Mann im Team, was ihn persönlich allerdings überhaupt nicht störte. »Jetzt habe ich doch schon –«

»Herr Holler!« Krause machte ein Gesicht, als habe er noch ein Ass im Ärmel – wenngleich er es allem Anschein nach nur ungern zog. Er kam noch näher, so nah, dass seine Lippen beinahe Samuels Ohrläppchen berührten.

Der zuckte zurück – und knallte mit dem Hinterkopf gegen Mias Zimmertür.

»Herr Holler ...«, Krauses Stimme war nur noch ein eindringliches Flüstern, »Sie riechen nach Alkohol. Und das nicht zum ersten Mal.«

Samuel biss sich auf die Lippe. Die Welt um ihn herum geriet ins Wanken.

»Wenn die Klinikleitung das mitbekommt, war's das für Sie. Und zwar endgültig. Das wissen Sie so gut wie ich. Dann kann Ihnen auch Ihr Schwiegervater nicht mehr helfen!« Krause ging wieder auf Abstand – und lächelte.

Was zum –?!

»Gehen Sie nach Hause«, sagte der Arzt laut genug, dass ihn die umherwuselnden Schwestern und Pfleger deutlich hören konnten. »Mit Kopfschmerzen ist nicht zu spaßen!« Er zwinkerte Samuel verschwörerisch zu, drehte sich um und eilte den Flur entlang davon.

12

Jetzt ist es schon eine Weile still. Ich höre nur Mamas Atem, ganz nah an meinem Ohr. Es gefällt mir, dass sie bei mir ist.

Sie bewegt sich. Das weiß ich, obwohl es dunkel ist, weil ich es an meinem Arm spüre.

»Das Monster ist weg«, flüstert sie, und plötzlich wird es ganz hell, weil die Klappe wieder offen ist.

Ich muss kurz die Augen zudrücken, sonst werde ich blind. Trotzdem sehe ich, dass Mama wegkrabbeln will. Ich halte sie fest. »Kannst du nicht hierbleiben?«, frage ich leise und meine nicht das Geheimversteck, sondern mein Zimmer. Ich weiß, dass die Zeit zum Lesenüben vorbei ist.

Mama macht ein trauriges Gesicht und schüttelt den Kopf. »Ich muss gehen.«

Ich drücke mich an sie dran, so fest ich kann. »Darf ich mit? Ich will nicht mehr alleine sein!«

Sie nimmt mich in den Arm. »Das geht nicht. Wenn du groß bist und auch eine Mama, dann wirst du das verstehen.«

Ich will nicht warten und auch keine Mama sein. Ich will, dass es wie *vorher* ist! Aber das sage ich nicht, weil mir wieder ein Knoten den Hals zudrückt.

»Du musst tapfer sein«, flüstert Mama, aber es klingt ganz komisch. Vielleicht hat sie auch einen Knoten im

Hals. »Auch wenn du groß bist, und ich gar nicht mehr da bin.«

Vor Schreck lasse ich sie los. »Wo gehst du hin?«

Mama rutscht ein Stück weg. Jetzt hat sie Falten auf der Stirn, wie die Matratze. »Es ist ein Kreis, verstehst du?«

Tu ich nicht. Ich schüttle den Kopf, und meine Augen werden ganz schwimmig. Ich muss aufpassen, dass ich nicht weine.

»Wenn Mädchen groß sind, dann bekommen sie ein Baby in den Bauch. Und dann ... dann ist die Mama nicht mehr da.«

Mein Knoten im Hals wird noch fester. »So wie deine Mama?« Ich wische mir mit der Hand übers Gesicht, damit ich wieder was sehen kann.

Mama nickt und guckt jetzt noch trauriger.

»Kommt sie wieder?«

»Das geht nicht. Sie ist tot.«

Ich erschrecke mich. Sie hat mir schon oft von ihrer Mama erzählt, aber noch nie, dass sie ›tot‹ ist. Ich denke an die grusligen Bücher, und jetzt muss ich doch weinen. Die Menschen da drin haben Löcher im Bauch und im Kopf.

Das darf *meiner* Mama nicht passieren! Sie darf nicht ganz weggehen! Ich brauche sie doch!

»Ich hätte dir das gar nicht sagen sollen.«

Ich kann nicht anders. Ich quieke. Obwohl ich doch leise sein muss.

»Schhhhhh«, macht Mama sofort. »Das alles ist noch nicht jetzt. Erst, wenn du so groß bist wie ich!«

Die Brust tut mir weh. Ich kriege kaum Luft.

»Das dauert noch gaaanz lange, echt! Bitte hör auf zu weinen!«

Ich kann nicht aufhören. Also halte ich mir den Mund zu, damit die Töne nicht rauskommen. Mir ist schlecht.

»Du musst tapfer sein! So wie der Ritter im Buch. Versprichst du mir das?«

Ich nicke, obwohl ich nicht will.

Mama lächelt. Es sieht komisch aus, aber vielleicht ist das nur, weil meine Augen schwimmig sind. Sie dreht sich um und krabbelt aus der Burg.

Ich höre, wie ihre Füße die Leiter treffen, und auch, dass die Klappe im Boden zugeht.

Jetzt bin ich wieder allein.

13

Pfleger und Schwestern eilten von Zimmer zu Zimmer, Patienten und Angehörige spazierten durch den Flur. Der gesamte Bienenstock surrte und brummte – nur Samuel stand reglos herum. Den Rücken kraftlos an Mias Tür gelehnt, starrte er auf den Linoleumboden.

Gehen Sie nach Hause!

Krause hatte keinen Zweifel daran gelassen, dass er es ernst meinte.

Wenn die Klinikleitung das mitbekommt, war's das für Sie. Und zwar endgültig.

Er hatte ihm mit der Kündigung gedroht. Eiskalt.

Und, wie sich Samuel eingestehen musste, zurecht. Immerhin war er längst nicht mehr der Psychologe – *der Mann!* –, der er einmal gewesen war.

Die Alkoholexzesse. Dazu die Tatsache, dass ihn alle für übergeschnappt hielten. Sogar Norbert.

Sag mir, was ich tun kann. Sag mir, wie ich dich davon überzeugen kann, dass diese Patientin nicht Mia ist!

Bittere Galle schnellte seine Speiseröhre empor, schoss ihm in den Mund. Hastig kniff er die Lippen zusammen. Schluckte. Und musste beinahe wieder würgen.

Krause hatte recht. Samuels Vorgesetzten blieb über kurz oder lang gar keine andere Wahl, als ihn an die Luft zu setzen. Es fehlte nur noch ein entsprechender Hinweis.

Dann kann Ihnen auch Ihr Schwiegervater nicht mehr helfen!

Er durfte sich keinen Fehler mehr erlauben.

Aber diesmal ist sie es wirklich! Es ist Mia! Die schiere Verzweiflung riss beinahe seine Seele entzwei. Sein Puls raste. Er spürte einen Druck auf der Brust. *Ich kann nicht gehen, ich muss doch bei ihr sein!*

Andererseits …

Jetzt ist sie sediert, aber stabil, hatte Krause gesagt.

Mia schlief. Würde sie überhaupt bemerken, dass ihr Papa nicht da war? Und falls nicht, sollte er dann dennoch riskieren, den Job zu verlieren? Seine wiedergewonnene Tochter finanziell nicht mehr versorgen zu können?

Gehen Sie nach Hause!

War es nicht besser, besonnen zu agieren? Immerhin war es nur eine Frage der Zeit, bis sich die ganze Sache aufklären würde und er problemlos zu ihr konnte.

Dann halten mich die anderen nicht mehr für verrückt!

Das Gefühl des Triumphes wurde sofort wieder von Verzweiflung abgelöst.

Herr Holler, Sie riechen nach Alkohol. Und das nicht zum ersten Mal.

Samuel war hin- und hergerissen. Er stöhnte, legte erschöpft den Hinterkopf gegen Mias Tür *(Du bist nicht allein, mein Schatz!)* und bemerkte, dass der hünenhafte Pfleger ihn noch immer beobachtete.

Die Art, wie der Mann dastand – jetzt nicht mehr entspannt an die Wand gelehnt, sondern breitbeinig, kampfbereit –, gab den Ausschlag.

Samuel stakste Richtung Lift. Ihm blieb keine Wahl.

Mia ist in Sicherheit, sagte er sich immer wieder. *Es wird sich alles aufklären.* Trotzdem fühlte er sich wie der schlechteste Vater der Welt.

Papa kommt wieder! Versprochen!

Die Fahrstuhlfahrt, den Weg zum Spind, das Anziehen der Jacke, all das erlebte er wie im Traum. Dafür nahm er mit einem Mal den Gestank nach Desinfektionsmittel und menschlichen Ausscheidungen umso intensiver wahr. Ihm wurde wieder speiübel. Er musste dringend an die frische Luft.

Mechanisch stapfte er auf den Ausgang zu, durch die gläserne Front hindurch und –

Er gefror in der Bewegung.

Sarah!

Obwohl ihn die Sonne blendete, konnte er ihr breites Grinsen deutlich erkennen.

»Samu!« Sie kam direkt auf ihn zu. »Wie schön, dich zu sehen! Ich wollte eh noch mal mit dir —«

»Was zum Teufel machst du hier?«, unterbrach er sie barsch.

Sie keuchte, zuckte zurück.

Eine Frau um die Fünfzig, in einem braunen Cardigan und mit einem Blumenstrauß in der Hand, blickte die beiden im Vorbeigehen verwundert an.

Samuel senkte die Stimme. »Es ist aus! Warum kapierst du das nicht endlich?!« Sein Magen rumorte. Der Schädel pochte. »Stattdessen verfolgst du mich jetzt schon!?«

Sarah runzelte die Stirn. »Spinnst du jetzt völlig? Das wäre doch verrückt!«

Liebe, die nicht Wahnsinn ist, ist keine Liebe, schoss es ihm ein weiteres Mal durch den Kopf.

»Ich bin gar nicht wegen dir hier«, behauptete seine frühere Geliebte allen Ernstes. »Ich habe einen Termin.«

Na klar! Was für ein Zufall ...

»Du bist seit Jahren krebsfrei!«

Sie zuckte die Achseln. »Kontrolle muss sein.«

»Ausgerechnet an dem Tag, an dem ich —« Samuels Sicht verschwamm zu einem undeutlichen Gemisch aus Farben. Er schmeckte Erbrochenes auf der Zunge.

»Hör mal, ich weiß nicht, was du dir da zusammen-reimst, aber —«

Die Ränder des bunten Matschs verdunkelten sich.

»Samu?! Alles okay?«

Seine Beine waren taub. Er wankte, glaubte zu stürzen – und spürte gerade noch einen festen Griff um seinen Arm.

»Samu, was ist denn mit dir?!«

Der verdammte Schachtelteufel schnellte aus seinem Versteck. In Samuels Seele brach die Hölle los. Tausend Gefühle prasselten ungebremst auf ihn ein.

Herr Holler, Sie riechen nach Alkohol. Und das nicht zum ersten Mal.

Sag mir, was ich tun kann. Sag mir, wie ich dich davon überzeugen kann, dass diese Patientin nicht Mia ist!

Schwester Edith hat mir bereits erzählt, dass Sie fast schon wieder einen Nervenzusammenbruch hatten.

Und deinen Verdacht verschweigst du besser auch. Sonst halten dich alle für verrückt!

Wenn die Klinikleitung das mitbekommt, war's das für Sie. Und zwar endgültig.

Erzähl niemandem davon!

Der Kater tat sein Übriges.

»Bring mich hier weg«, presste Samuel mit letzter Kraft hervor. »Bitte, Sarah, ich flehe dich an!«

14

Eine Melodie klimperte blechern.

Ode an die Freude.

Samuel öffnete die Augen – und brauchte einen Moment, um sich zu orientieren.

Er lag auf der Couch im Wohnzimmer ihres Hauses in Zehlendorf.

»Nadine?«

Keine Antwort.

Wie bin ich hierhergekommen?

Er erinnerte sich vage an eine Autofahrt.

... mit Sarah?!

»Nadiiiiine!«

Ob sie das mitbekommen hat?

Beethovens Symphonie dudelte immer weiter, wurde sogar noch lauter.

Telefon, begriff Samuels schlaftrunkener Geist, noch ehe die Augen den schnurlosen Apparat auf dem Beistelltisch ausmachten.

Er setzte sich auf, griff nach dem blöden Ding und nahm das Gespräch entgegen. »Ja?«

»Herr Holler?«, fragte eine Frauenstimme.

»M-hm.« Samuel rieb sich das Gesicht. Er fühlte sich völlig übernächtigt, obwohl die Uhr über dem Kamin schon nach fünf zeigte.

Habe ich sechs Stunden geschlafen?!

»Hier spricht Oberschwester Edith«, dröhnte es ihm ins Ohr. »Ich weiß, Sie fühlen sich nicht gut, aber könnten Sie vielleicht trotzdem noch mal in die Klinik kommen?«

Mit einem Schlag war er hellwach.

»Es geht um das Mädchen in siebenhundertzwölf.«

Samuels Herz machte einen Satz. »Was ist mit ihr?«

Es dauerte eine unerträglich lange Sekunde, ehe die Frau endlich antwortete. »Das sollten Ihnen lieber die Polizisten sagen, wenn Sie dann hier sind.«

Mia hat ihnen gesagt, dass ich ihr Papa bin!

Oder Norbert hat den DNA-Test gemacht!

Oder beides!

»Ich komme!« Ohne jedwede Verabschiedung legte Samuel auf.

»Nadiiiiine?«

Wo zum Teufel steckt sie denn?!

»Ich muss noch mal weg!«, brüllte er weiter, obwohl im gesamten Haus kein Laut zu hören war. »Ich nehme das Auto, okay? Wir sehen uns dann später!«

Mia ist wieder da!

Er sprang auf – und zögerte.

Wie war das nur möglich? Er hatte den Unfall doch beobachtet, seiner schwer verletzten Tochter die Hand gehalten, bis der Krankenwagen kam. Nadine war mitgefahren, Samuel mit dem Audi hinterher. Und in der Klinik hatte er Mias Leiche auf einer Trage gesehen.

Sie war tot!

Er schluckte, verwarf die Gedanken. Es spielte vorerst überhaupt keine Rolle, wie das alles möglich war.

Alles, was zählte: Mia war wieder da!

Ich komme, Mia! Papa ist gleich da!

Voller Vorfreude, in Kürze endlich seine Tochter in die Arme schließen zu können, hastete er in den Flur. Er nahm die Jacke vom Garderobenhaken, schlüpfte hinein und klopfte die Taschen ab.

Handy, Geldbeutel, Schlüssel. Alles da.

Das kleine Plastikteil, das man zum Öffnen und Starten des Wagens benötigte, lag immer in der Schale auf der Kommode. Samuel drehte sich um, griff blindlings hinein – ins Leere.

»Nadiiiiine?« Er riss die Haustür auf, blickte in die Einfahrt und stellte verwundert fest, dass auch das Auto nicht da war, wo es hingehörte. Am Straßenrand war es ebenfalls nicht zu finden.

Wo kann sie hingefahren sein?

Ganz unvermittelt kam ihm das heutige Gespräch mit Doktor Krause wieder in den Sinn. Das hämische Grinsen, als der arrogante Arsch gemerkt hatte, dass er nichts von Nadines Plan, ihre Tätigkeit in der Klinik wieder aufzunehmen, wusste.

Eigenartig …

Während er sich notgedrungen auf den Weg zur Bushaltestelle machte, beschlich Samuel das ungute Gefühl, dass seine Ehefrau weit mehr Geheimnisse vor ihm haben könnte, als ihm lieb war.

Er schob den Gedanken beiseite. Jetzt gab es doch tausendmal Wichtigeres.

Ich komme, Mia! Bald bin ich da!

15

Ich sitze in der Burg und sammle Staub, damit Ferdi was essen kann. Mein Bauch brummt, obwohl ich das ganze Butterbrot gegessen habe. Die Wasserflasche ist auch schon fast leer.

Ich krabble zum Stall, und Ferdi wiehert vor Freude, weil *er* ganz viel Essen bekommt. Meine Fantasie blüht, würde Mama sagen, aber sie ist ja nicht da.

Mist! Jetzt muss ich schon wieder dran denken, was sie *heute* gesagt hat, obwohl ich nicht will. Das mit dem Baby im Bauch und der Mama, die nicht mehr kommt, weil sie ›tot‹ ist.

Die ganze Zeit ist mir das wieder eingefallen, dabei habe ich so viel gemacht. Ich habe allein Lesen geübt, in meinem Kopf, auch wenn das nichts bringt, weil mir dann gar keiner sagt, wenn ich was falsch mache. Dann habe ich mein Bild fertiggemalt. Und noch zwei andere. Sogar beim Reiten habe ich drüber nachgedacht.

Es ist ein Kreis, hat Mama gesagt. Und auch, dass sie irgendwann nicht mehr wiederkommt. Ich kriege wieder Angst. Deshalb erinnere ich mich schnell daran, dass das ja erst ist, wenn *ich* eine Mama bin. Heute kommt Mama wieder, wie immer, zur Blauen Stunde.

Blaue Stunde ist genau zwischen Tag und Nacht. Das ist meine Lieblingszeit. Nicht nur, weil dann alles blau ist, die Matratze, der Boden, die Burg und sogar meine

Haut. Sondern auch, weil Mama *vorher* dann immer mit mir gekuschelt hat, so lange, bis ich eingeschlafen bin.

Jetzt geht das nicht mehr, sagt sie.

Jetzt bleibt sie immer nur kurz.

Ich werde wieder traurig und rüttle mit Absicht am Karton, damit Staub im Licht rieselt und ich mir noch mal ganz fest wünschen kann, dass alles wie *vorher* wird.

Die Sache mit der Mama, die ›tot‹ ist, kommt mir schon wieder in den Kopf. Ich verstehe das nicht.

Ich gucke zu der Ecke, wo die grusligen Bücher liegen. Vielleicht können die mir helfen, aber ich traue mich nicht, reinzuschauen. Dann fällt mir wieder ein, dass Mama gesagt hat, ich muss tapfer sein, wie der Ritter in meinem Lieblingsbuch. Also mache ich es doch.

Ich nehme das oberste vom Stapel und klappe es auf. Diesmal erschrecke ich mich ein bisschen weniger als beim ersten Mal, weil ich weiß, was kommt. Außerdem sind die Bilder gemalt, nicht echt, und ich bin ja jetzt auch schon acht.

Die Menschen, die ›tot‹ sind, haben Löcher. Im Bauch, im Kopf, jeder woanders. Man kann reingucken, weil – Hey, da stimmt doch was nicht!

Ich hab mir mal auf die Lippe gebissen, so fest, dass ein Loch drin war. Das war nur klein, aber Mama hat schnell das Kissen draufgedrückt, damit mein Blut nicht rauskommt.

Die Menschen im Buch haben große Löcher, aber gar kein Blut. Jetzt verstehe ich. ›Tot‹ ist, wenn alles Blut rausgelaufen ist.

Ich bekomme wieder Angst, obwohl ich doch tapfer sein soll.

Schnell blättre ich weiter, aber da ist nur noch eins von den gruseligen Bildern. Ein großes. Dieser Mensch hat sein Loch im Hals. Überall drum herum steht was. ›*Larynx*‹, versuche ich zu lesen, aber das macht ja überhaupt keinen Sinn. Auch die anderen Wörter haben komische Buchstaben oder sind ganz lang. Oder beides.

Ich schaue mir ein paar Seiten weiter hinten an und entdecke eine Frau, die in der Mitte durchgeschnitten ist. Dass es eine Frau ist, sieht man, weil sie einen ganz dicken Bauch hat, in dem ein Baby liegt. Sie ist eine Mama.

Mein Hals hat einen Knoten drin. Ich schlage das Buch zu und lege es zurück auf den Gruselstapel. Ich muss jetzt was anderes machen, damit ich nicht weine. Was Schönes!

Aber was? Ich hab gelesen, gemalt, war bei Ferdi. Und alle Spiele, die ich kenne, gehen nur zu zweit. Beinah weine ich doch, da höre ich, dass die Klappe im Boden aufgeht, obwohl noch gar nicht Blaue Stunde ist.

Ich krabble aus der Burg.

»Komm runter«, flüstert Mama von unten. »Ich habe eine Überraschung für dich!«

16

Entgegen seiner Erwartung, führte die Oberschwester ihn nicht in Mias Zimmer, sondern zurück in den Fahrstuhl. Sie fuhren hinunter in den ersten Stock und gingen durch einen Flur, der mit Teppich statt Linoleum ausgelegt war. Die ganze Zeit über war Edith ungewohnt schweigsam. So oft Samuel sie auch um Informationen bat, er bekam nicht die leiseste Antwort. Seine innere Unruhe wuchs.

Schließlich blieb die Oberschwester vor einer Tür stehen, die durch ein schlichtes Schild daneben als »01« gekennzeichnet war. Edith klopfte an, drückte dann aber sofort die Klinke, und die beiden traten ein.

Ein Besprechungsraum.

»Nein, natürlich wird er nicht –« Norbert unterbrach sich mitten im Satz und blickte auf. Neben ihm, saßen an dem großen Tisch aus edlem Mahagoni ein Mann, Mitte fünfzig, aber mit vollem, schwarzem Haar, und eine deutlich jüngere Frau mit slawischen Zügen. Beide waren Samuel gänzlich unbekannt.

Sein Schwiegervater nickte der Oberschwester zu. »Danke, Edith.«

»Gar kein Problem«, behauptete die, obwohl Begleitgänge wie dieser ganz sicher nicht in ihrer Jobbeschreibung standen. »Jederzeit!« Sie schenkte Norbert ein verzücktes Lächeln, ehe sie den Raum verließ und die Tür hinter sich schloss.

Samuels Blick kehrte zurück zu den beiden Fremden am Tisch.

»Herr Holler!« Die Frau stand auf. Sie trug Jeans und eine dunkle Lederjacke, darunter eine weiße Bluse. »Wie schön, dass Sie es trotz Ihrer gesundheitlichen Beschwerden einrichten konnten.«

Einen Moment lang war er verwirrt. Dann begriff er, dass Krause ihn krankgemeldet haben musste.

Mit Kopfschmerzen ist nicht zu spaßen!

»Mein Name ist Tatjana Petrowski«, fuhr die Frau fort. »Ich bin Kriminalkommissarin beim LKA-123, das sich mit Gewaltdelikten gegen Minderjährige beschäftigt. Und das«, sie deutete unnötigerweise auf den Mann zu ihrer Rechten, »ist Kriminalhauptkommissar Günther Ahrens.«

Genug Geplänkel! Was ist mit Mia?

Anspannung und Vorfreude brodelten in Samuel wie heiße Lava.

»Wir würden gerne mit Ihnen über die Jugendliche sprechen, die gestern am späten Abend schwer verletzt im Dreipfuhlpark aufgefunden wurde.«

Ja! Ja, los!

Petrowski zeigte auf den Stuhl, der Samuel am nächsten stand. »Möchten Sie sich setzen?«

Eigentlich nicht. Ich muss zu Mia!

Trotzdem folgte er der Aufforderung.

Auch die Kommissarin nahm wieder Platz.

»Wir versuchen herauszufinden«, ergriff ihr Kollege das Wort, »wie es zu diesen massiven Verletzungen kommen konnte.« Dunkle Schweißflecke zeichneten sich unter den

Ärmeln seines hellblauen Hemdes ab. »Allerdings war eine Befragung des Opfers —«

Samuel biss sich beim Klang der Terminologie auf die Lippe.

»— bislang nicht möglich.«

Sie schläft, hallte Krauses Stimme in ihm nach, und obwohl inzwischen Stunden vergangen waren, erwartete Samuel, dass der Kommissar nun dieselbe Erklärung lieferte.

Doch der sagte etwas völlig anderes: »Das Mädchen hört nicht auf zu schreien, sobald sich jemand nähert.«

Samuel schnappte nach Luft. Er spürte ein Stechen in der Brust.

Mia, mein Schatz! Es wird alles gut!

»Sie schreit etwas von Monstern, die sie holen wollen.« Ahrens hob eine Augenbraue. »Und sie schreit Ihren Namen. ›Samuel soll kommen‹, brüllt sie wieder und wieder.«

Samuel blutete das Herz. »Natürlich! Sie ist doch —«

Sein Schwiegervater räusperte sich und warf ihm dabei einen mahnenden Blick zu.

Deinen Verdacht verschweigst du besser auch.

Samuel stutzte. War es möglich, dass die Kommissare noch gar nicht wussten, wer Mia war?

Sonst halten dich alle für verrückt!

»— traumatisiert«, beendete er den Satz lahm und sah Norbert hilfesuchend an.

»Wie ich Ihnen bereits sagte«, sprang der ihm zum Glück sofort bei, »hatte Herr Holler eine Tochter, die jetzt im selben Alter wäre, hätte es nicht vor fünf Jahren diesen Unfall mit Fahrerflucht gegeben.«

Petrowski verzog den Mund zu einem mitleidigen Lächeln. Ahrens' Mimik veränderte sich nicht.

Tatsächlich! Sie wissen es nicht!

»Bei seiner ersten Begegnung mit der Patientin kam es kurzzeitig zu einer bedauerlichen Verwechslung.«

Und Norbert glaubt mir auch immer noch nicht!

Samuel musste sich alle Mühe geben, um nicht zu protestieren. Mit einem Mal fühlte er sich, wie er den dreien so gegenübersaß, wie vor Gericht.

Dabei ist Mia doch seine Enkeltochter! Was ist mit dem DNA-Test? Haben die im Labor geschlampt?

Er hielt die Luft an. Jede Faser seines Körpers verspannte sich.

»Zum Glück, wie sich nun herausstellt«, fuhr Norbert fort. »Denn die Patientin scheint Herrn Hollers väterliche Liebe gespürt zu haben. Sie hat in diesen ersten, entscheidenden Minuten nach dem Erwachen Vertrauen zu ihm gefasst.«

Klingt halbwegs plausibel, aber ...

»Diesen Umstand können Sie sich zunutze machen, indem —«

»Ja, schon klar«, maulte Ahrens. »Deshalb ist er ja hier.« Er machte eine ungeduldige Geste in Samuels Richtung.

Dem kam plötzlich ein anderer Gedanke: *Vielleicht ist das Testergebnis noch gar nicht da!*

Norbert nickte. »Ich wiederhole mich ungern, aber Herr Holler ist ein ausgezeichneter Psychologe.«

Samuel öffnete den Mund – und schloss ihn sofort wieder.

»Einer der besten, die wir haben. Er wird Ihnen bei der Befragung der Patientin von großem Nutzen sein.« Sein Schwiegervater lächelte.

Er verschafft mir Zeit mit Mia! Obwohl noch nichts bewiesen ist! Vielleicht glaubt er mir also doch!

»Und, das versichere ich Ihnen gerne noch einmal, ein Vorfall wie der von heute Morgen wird sich nicht wiederholen! Sie können –«

Es piepte mehrmals eindringlich.

Norbert runzelte sichtlich verärgert die Stirn, schob die Hand unter den Tisch und zog einen Funkmeldeempfänger hervor. »Entschuldigen Sie bitte.« Er sah aufs Display – und stand vom Stuhl auf. »Einer meiner Patienten. Ich muss gehen.«

»Moment!« Samuel wollte unbedingt noch herausfinden, ob seine Vermutung stimmte. »Was ist mit der anderen Sache? Du weißt schon ... die, über die wir heute Morgen in deinem Büro gesprochen haben.«

Norbert schien zu verstehen. »Ich bin dran!«, rief er, während er bereits aus dem Raum hastete.

Samuel atmete erleichtert auf.

Es wird sich alles aufklären. Und bis dahin halte ich einfach den Mund, damit mich die Leute nicht für übergeschnappt halten.

Die Tür fiel ins Schloss, und er wandte sich wieder den Kommissaren zu.

Beide schauten jetzt verwundert drein.

Er rechnete damit, die kryptische Bemerkung von gerade eben erklären zu müssen, und suchte gerade nach einer passenden Ausrede, da überraschte ihn Petrowski mit einer anderen Frage: »Sie duzen Herrn Weigel?«

»Natürlich! Er ist mein Schwiegervater.«

Sie wirkte pikiert, und auch Ahrens schnaufte.

Mist!

Offenbar hatte Norbert diese Information ebenfalls verschwiegen. Erst jetzt fiel Samuel auf, dass er ihn nie direkt angesprochen hatte.

Er hat mich in den Himmel gelobt! Aber was ist das jetzt noch wert?!

Die Kommissare warfen sich unschlüssige Blicke zu.

Samuel wusste nicht, was er sagen sollte, setzte nur einen möglichst professionellen Gesichtsaufdruck auf, wartete und bangte.

»Also gut«, brummte Ahrens nach einer gefühlten Ewigkeit. »Zurück zum Fall.«

Petrowski begann: »Lassen Sie uns noch einmal ganz kurz die Fakten durchgehen, bevor wir nach oben gehen.« Sie machte eine kurze Pause, in der sie Samuel freundlich anlächelte. »Damit wir alle auf dem gleichen Stand sind.«

Ihr Kollege nickte, wenn auch sichtlich widerwillig.

Sie holte tief Luft. »Das Opfer —«

Wieder zuckte Samuel zusammen.

»— ist weiblich, etwa vierzehn Jahre alt —«

Dreizehn!

»— und wurde gestern, kurz nach dreiundzwanzig Uhr, bewusstlos auf dem Spielplatz im Dreipfuhlpark gefunden.

Wegen massiven, inneren Verletzungen, unter anderem einem Schädel-Hirn-Trauma, wurde sie hier in der Klinik sofort mehreren Notoperationen unterzogen. Die Ärzte konnten alle Organe retten, mussten aber drei Finger amputieren.«

Samuel spürte wieder das Stechen in der Brust. Am liebsten hätte er sich die Ohren zugehalten, aber das ging natürlich nicht. Er musste zuhören. Mia zuliebe.

»Zwischenzeitlich konnte das Opfer auch einem Rechtsmediziner vorgeführt werden.«

Vorgeführt!

Er mochte sich gar nicht ausmalen, wie sehr seine völlig traumatisierte Tochter bei dieser Untersuchung gelitten hatte. Nach allem, was sie ohnehin schon durchleiden musste!

»Wir haben noch keinen finalen Bericht, aber seiner vorläufigen Einschätzung nach, stammen die Verletzungen von stumpfer Gewalteinwirkung durch einen etwa zehn Zentimeter großen Gegenstand, könnten ihr also mit der geballten Faust zugefügt worden sein.«

Verprügelt und liegengelassen ...

Samuel schluckte, aber der Kloß in seinem Hals ließ sich nicht lösen. Trotz des Drucks auf die Kehle, war ihm danach, lauthals zu schreien.

Wer hat dir das angetan, Mia?!

»Wissen Sie«, presste er stattdessen hervor, »wer ...?!«

Die Kommissarin schüttelte bedauernd den Kopf. »Bislang gibt es keinerlei Hinweise, die uns zum Täter führen.« Sie machte eine kurze Pause. Dann fuhr sie mit der Zusammenfassung der Fakten fort. »Sie hatte Beruhigungsmittel im Blut, die sie laut der Ärzte über einen Zeitraum von mehreren Jahren eingenommen oder verabreicht bekommen haben muss.«

Verabreicht! Aber von wem?!

»Sie ist stark unterernährt, was ebenfalls auf eine geraume Verwahrlosung schließen lässt.« Petrowskis Miene verfinsterte sich. »Und dann ist da noch —«

»Stopp!« Ahrens legte die Hand auf ihren Unterarm. »Das reicht wohl fürs Erste. Es wird langsam spät.« Er sah Samuel aufmerksam an. »Haben Sie noch Fragen, bevor wir zu dem Mädchen nach oben gehen?«

Nur eine.

Und so gerne er endlich zu Mia wollte, er musste sie stellen. »Haben Sie Anhaltspunkte, wer sie sein könnte?«

Der Kommissar schüttelte den Kopf. »Wir hoffen, dass Sie uns dabei helfen werden, das herauszufinden.«

»Die Beschreibung«, fügte seine Kollegin hinzu, »passt zu keinem der Einträge in der Vermisstendatenbank.«

Weil ich dachte, Mia sei tot!

Samuel biss sich auf die Zunge, um zu verhindern, dass der Satz als verzweifelter Schrei aus ihm herausplatzte.

Petrowski schien glücklicherweise nichts zu bemerken. »Wir haben eine Speichel-Probe genommen. Vielleicht haben wir Glück, und die Eltern sind vorbestraft.«

Sind sie nicht.

»Allerdings kann das mit dem DNA-Abgleich ein paar Tage dauern. Unser Labor ist völlig überlastet.«

Ihr sucht an der falschen Stelle!

Wieder war Samuel versucht, die Wahrheit zu sagen. Aber er wusste, die beiden würden ihn für verrückt halten. Schlimmer noch: Man würde ihn nicht mehr zu Mia lassen, ehe für seine Behauptung stichhaltige Beweise vorlagen.

Die wird Norbert liefern. Schon bald.

»Gut.« Ahrens erhob sich vom Stuhl. »Dann sind wir ja jetzt alle auf demselben Stand und können nach oben, um das Mädchen zu befragen.«

Endlich!

»Aber Sie, Herr Holler«, mahnte der Kommissar, »Sie halten sich so gut es geht zurück. Einverstanden? Meine Kollegin wird die Befragung übernehmen. Lassen Sie uns einfach unsere Arbeit machen.«

Samuel setzte sein professionelles Lächeln auf und nickte.

17

Wenige Minuten später trat er, gefolgt von Petrowski und Ahrens, aus dem Fahrstuhl in den Stationsflur, der auch diesmal vom Surren des Bienenstocks erfüllt war.

Gleich bin ich bei dir, Mia! Papa ist ja –

Samuel stutzte.

Inmitten des Getümmels aus Pflegern, Schwestern, Patienten und Angehörigen stand Krause, mit vor der

Brust verschränkten Armen, und bewegte sich nicht im Mindesten, stierte die drei nur übelgelaunt an. Er schien ihre Ankunft erwartet zu haben.

Diesmal lasse ich mich nicht aufhalten!

Die Rückendeckung seines Schwiegervaters gab Samuel neuen Mut. Außerdem hatte er den Kater ausgeschlafen. Er ließ sich nicht beirren, beschleunigte sogar.

Petrowski und Ahrens hielten mit ihm Schritt.

»Ich halte das nach wie vor für keine gute Idee«, sagte der Arzt, kaum dass ihn das Trüppchen erreicht hatte.

Du hast kein Mitspracherecht mehr!

Samuel ging wortlos an ihm vorbei, warf einen Blick schräg nach hinten und stellte erleichtert fest, dass auch die Kommissare nicht haltmachten.

»Sie traumatisieren das arme Mädchen noch mehr!«, hallte es durch den Flur.

»Wir passen schon auf«, murrte Ahrens.

»Wir wissen, was wir tun«, meinte Petrowski, deutlich sanfter.

»Sind Sie da sicher?!«, ätzte Krause – und auch Samuel beschlich plötzlich ein ungutes Gefühl.

Verprügelt und liegengelassen.

Mehrfach notoperiert und mit Medikamenten vollgepumpt.

Einem Rechtsmediziner vorgeführt.

Mia hatte in den vergangenen vierundzwanzig Stunden so viel durchmachen müssen. Von den fünfeinhalb Jahren zuvor, in denen er sie totgeglaubt hatte, vermutlich ganz zu schweigen.

Sie wurde entführt!

Krause hatte recht. Eine Befragung würde sie womöglich noch stärker traumatisieren.

Trotzdem trabte Samuel weiter. Er *musste* herausfinden, was mit seiner Tochter geschehen war. Auch um ihretwillen! Damit der Täter so bald wie möglich weggesperrt werden konnte.

Für immer!, dachte Samuel, obwohl er das deutsche Rechtssystem gut genug kannte, um es besser zu wissen. Die Wut verlieh ihm Kraft.

Er erreichte Mias Zimmer, klopfte an und trat ein.

Sie lag im Bett, dessen Kopfteil nun leicht aufgestellt war, und wirkte benebelt, aber sie lächelte – und ihm ging das Herz auf.

Ich bin da, Schatz! Papa ist ja da!

Sie bemerkte die beiden Kommissare. Das Lächeln verschwand. Die tiefblauen Augen wurden ganz groß. In dem bleichen Gesicht stand plötzlich Panik.

»Schhh, alles gut. Du bist in Sicherheit, M–« Samuel biss sich auf die Lippe. Um ein Haar hätte er den Namen seiner Tochter laut ausgesprochen.

Deinen Verdacht verschweigst du besser auch, rief er sich Norberts Rat noch einmal ins Gedächtnis. *Sonst halten dich alle für verrückt.*

Der Drang, auf Mia zuzulaufen, sie endlich wieder in die Arme zu schließen, wurde beinahe übermächtig. Um ihm Herr zu werden, ballte Samuel die Hände zu Fäusten. So fest, dass sich die Fingernägel ins Fleisch gruben. »Alles wird gut«, flüsterte er, diesmal nicht nur zu Mia, sondern auch zu sich selbst.

Ihr verängstigter Blick irrte zwischen ihm und den Kommissaren hin und her.

Ahrens zog leise die Tür ins Schloss.

»Hallo«, sagte seine Kollegin sanft und machte ein paar Schritte auf das Bett zu. »Ich bin Tatjana.«

Mia verkrampfte sichtlich die Schultern und schielte verunsichert zu Samuel, der nun ebenfalls auf sie zuging. »Sind das gute Menschen?«

Er lächelte sie aufmunternd an. »Aber ja! Du bist in Sicherheit.«

Papa ist ja da ...

»Bist du sicher?« Ihre Augenlider flatterten. Offenbar setzten ihr die Medikamente aus dem Tropf ganz schön zu. »Keine Monster?«

Sie schreit etwas von Monstern, die sie holen wollen.

Er spürte, wie ihm eine Gänsehaut über den Rücken kroch. Gleichzeitig wurde ihm ein wenig übel. »Nein, keine Monster.« Jetzt hatte er Mia erreicht, ergriff ihre unverletzte Hand. Ganz vorsichtig, weil darin noch immer eine Kanüle steckte. »Das sind Freunde von mir.«

Petrowski positionierte sich am Fußende des Betts.

»Tatjana hat sich ja schon vorgestellt.« Samuel machte eine Geste Richtung Tür, zu Ahrens, und war dem breitschultrigen Mann dankbar, dass der sich, wohlweißlich, im Hintergrund hielt. »Und das da drüben ist —«

Mist! Der Vorname wollte ihm nicht einfallen.

»Günther«, sprang ihm der Kommissar bei.

Mia blieb skeptisch. »Die sind deine Freunde?«

Samuel lächelte. »Indianerehrenwort!«

Sie ist kein kleines Mädchen mehr, ermahnte er sich selbst, aber Mia schien sich nicht an der Kindersprache zu stören.

Wieder flackerten ihre Lider. Die Schultern sackten ein Stück ab. »Dann«, murmelte sie schwach, »dann dürfen sie auch ins Haus.«

Er nickte und lächelte noch breiter, dachte daran, wie er mit seiner Tochter vor Jahren darüber gesprochen hatte, niemanden einzulassen, den sie nicht kannte, und nur ja keinem Fremden zu folgen, auch nicht, wenn er ihr Süßigkeiten anbot.

Wie alt war sie da? Fünf? Oder sechs?

Nur ... Was hat es mit den Monstern auf sich?

»Wir sind hier«, ergriff Petrowski in sanftem Tonfall das Wort, »um herauszufinden, was mit dir passiert ist.«

Mia wurde noch bleicher. Die Haut schien beinahe mit dem Laken zu verschmelzen. »Ich ...« Ihre Stimme erlahmte. Sie betrachtete den Gips an ihrem linken Arm. Die zwei Finger, die daraus hervorragten.

Die anderen drei liegen beim medizinischen Müll.

Mein armer Schatz!

Samuel schluckte und warf einen raschen Blick aufs Display des EKG-Geräts. Der Puls war leicht erhöht, aber noch im Rahmen. »Schhh. Alles wird gut, M–« Ein weiteres Mal konnte er sich gerade noch bremsen.

Ich darf sie nicht beim Namen nennen! Noch nicht!

Mia zog die Hand aus seinem Griff und berührte den Verband um ihren Kopf, dann die Bettdecke, auf Höhe ihres Bauchs.

»Wie wär's«, schlug Petrowski in einem offensichtlichen Ablenkungsversuch vor, »wenn du uns erst einmal verrätst, wie du heißt?«

Ja! Er hielt den Atem an. *Sag es ihnen!*

Wieder blinzelte Mia im Stakkatotakt, schien beinahe wie in Trance. »Jane.«

»Nein!«, entfuhr es Samuel.

Sie zuckte zusammen.

Er drosselte die Stimme. »Entschuldige.«

Die Kommissarin musterte ihn eindringlich.

»Das ist nicht ihr richtiger Name«, erklärte er, krampfhaft um einen professionellen Tonfall bemüht. »Einige der Schwestern nennen sie so. Jane Doe.«

Von der anderen Seite des Zimmers aus, ließ Ahrens ein Schnauben hören.

Petrowski war sichtlich erleichtert und wandte sich wieder Mia zu. »Hast du noch einen anderen Namen?«

Hastiges Blinzeln. Und Schweigen.

Ich hab sie angeschnauzt!

Samuel machte sich Vorwürfe.

»Wohnst du bei deinen Eltern?«, fragte Petrowski.

Mia wiegte, scheinbar unschlüssig, den bandagierten Kopf hin und her.

Nicht mehr ...

Es machte ihn schier rasend, dass er die Wahrheit nicht einfach herausschreien konnte. Wieder gruben sich seine Fingernägel in die Handflächen.

»Wie nennen dich deine Eltern?«, wollte Petrowski nun von Mia wissen.

Die flüsterte, ohne zu zögern: »Schatz.«

Na, prima!

Samuel überlegte fieberhaft, wie er seine traumatisierte Tochter dazu bringen konnte, ihren Namen zu sagen – da schlug die Kommissarin bereits einen anderen Weg ein: »Magst du uns erzählen, was gestern Abend mit dir passiert ist?«

Mia zog ein Gesicht wie früher, wenn sie etwas angestellt hatte. Doch dann sackten ihre Mundwinkel nach unten. Die Lider flackerten wieder. »Ich ... wollte tapfer sein ... aber es ...«, murmelte sie stockend, »es ... hat so wehgetan ...«

Jeder einzelne Muskel in Samuels Körper schien zum Zerreißen gespannt.

»... deshalb ...« Mia wirkte, als würde sie jede Sekunde wegdämmern. »... bin ich weggelaufen.«

»Von wo?«, fragte Petrowski. »Wo warst du, bevor du auf dem Spielplatz warst?«

Plötzlich wurden die blauen Augen ganz groß.

Das EKG-Gerät begann, hektisch zu piepsen.

»Hannah!«, brüllte Mia aus Leibeskräften.

18

Erst glaube ich, meine Augen veralbern mich. Ich blinzle ein paar Mal, aber alles bleibt gleich.

»Ich habe hier jemanden für dich.« Mama steht vor der Tür vom Zimmer, in das ich nicht reindarf, und lächelt. Sie hat ein Mädchen mit rotem Kleid auf dem Arm.

Ich blinzle noch mal.

»Damit du nicht mehr so allein bist«, sagt Mama.

Das Mädchen sagt nichts. Es guckt mich nur an, und es wimmert leise. Es hat blaue Augen und blonde Haare, genau wie ich. Aber es ist viel kleiner. Und bestimmt auch leichter, weil Mama es hochheben kann.

Da bin ich neidig. Ich beiße auf die Lippe. Aber nicht fest, damit kein Loch drin ist.

Mist! Jetzt muss ich schon wieder an das Gruselbuch denken. Meine Augen werden ganz schwimmig, und mein Bauch tut weh.

Mama lächelt nicht mehr. »Du sollst dich freuen!«

Ich versuch's, weil ich doch tapfer sein muss, wie der Ritter.

»Du kannst mit ihr spielen und auf sie aufpassen.«

Ich schnupfe. »Wie eine Mama?«

Sie macht ein ganz komisches Gesicht. »Ja ... wie eine Mama ...«

Jetzt fällt mir das Bild mit der halben Frau und dem Baby im Bauch ein, und ich bekomme Angst. »Ich will keine Mama sein!«, sage ich laut. »Ich will, dass es wie *vorher* ist!«

»Schhh«, macht Mama, weil ich doch leise sein muss.

Schnell lege ich die Hand auf den Mund, damit kein Ton mehr rauskommt. Sie wird nass, weil ... weil Tränen drauflaufen! Ich weine! Das hab ich gar nicht gemerkt.

»Hör auf«, flüstert Mama. Sie schaut zuerst zu dem Mädchen, damit es leise ist und nicht mehr wimmert, dann wieder zu mir. »Wir bringen sie nach oben. Ihr zwei könnt auf Ferdi reiten und dann kuscheln. Das wird schön!«

Ich mache die Hand vom Mund weg, aber ich kann nichts sagen. Ich hab einen Knoten im Hals.

»Es ist fast Blaue Stunde«, sagt Mama und geht mit dem Mädchen die Leiter hoch. »Komm!«

Ich soll brav sein, sonst gibt es Ärger. Aber meine Füße wollen nicht laufen, weil mein Kopf so viel denkt.

Das ist doch alles ganz falsch! Ich kann keine Mama sein! Wenn Mädchen *groß* sind, bekommen sie ein Baby in den Bauch. Dann sind sie eine Mama.

Aber ich bin doch noch gar nicht so groß! Und das Mädchen mit dem roten Kleid – Oh!

19

Hannaaaaaaah!

Der Schrei hallte in Samuels Ohren wider wie ein nicht enden wollendes Echo.

Das EKG-Gerät piepste wie verrückt.

Mia starrte mit vor Angst geweiteten Augen ins Leere. Die Schranke der Trauma-Verdrängung schien durchbrochen, der Abgrund klaffte weit auf – und für den Bruchteil einer Sekunde war Samuel überzeugt, dass er sich geirrt hatte. Dass die Jugendliche im Bett vor ihm nicht Mia war. Dass sie Hannah hieß.

Der Schachtelteufel grinste ihn hämisch an.

Doch dann rief das Mädchen noch etwas: »Hannah ist noch oben!«

Sie spricht nicht von sich selbst!

Samuels Sicht verschwamm. Erleichterung und Verwirrung prasselten gleichzeitig auf ihn ein.

Wer ist Hannah?!

»Wo, ›oben‹?«, hörte er Petrowski, trotz des unablässigen Piepens, fragen.

»Im Haus!«, stöhnte Mia.

»Schhhhhhh«, machte Samuels Mund wie von selbst. »Alles wird gut.« Er rieb sich die Augen, um wieder klar sehen zu können.

Papa ist ja da!

Das Piepen erstarb.

Mias Kopf sackte zurück ins Kissen. »Hannah ...« Ihre Stimme war nur noch ein heißeres Flüstern. »Sie ... ist im Dach! Da ... da hab ich auch gewohnt, aber dann ...« Ihr Blick irrte über die Wände des Krankenzimmers, das EKG-Gerät, den Infusionstropf, blieb schließlich an dem Gips hängen, aus dem nur zwei Finger ragten.

»Schhhhhhh«, wiederholte Samuel. »Alles wird gut.«

Sie schielte mit verzweifelter Miene zu ihm herüber.

Was ist nur mit dir passiert, mein Schatz?!

»Du bist in Sicherheit.« Er versuchte ein Lächeln, das allerdings etwas misslang. Seine Gedanken rasten. Die Seele stand in Flammen.

Wer ist Hannah?!

»Dir kann hier nichts mehr passieren«, mischte sich nun auch Petrowski wieder ein. »Und Hannah werden wir auch finden«, versprach sie in sanftem Tonfall.

Ihr Kollege, der nach wie vor einige Meter entfernt stand, brummte zustimmend.

»Du kannst uns dabei helfen, indem du –«

Die Tür flog auf.

Mia zuckte zusammen.

»Alles in Ordnung, kleine Jane?« Die Oberschwester watschelte ins Zimmer.

Das Mädchen hört nicht auf zu schreien, sobald sich jemand nähert, hörte Samuel den Kommissar in der Erinnerung sagen. *Sie schreit etwas von Monstern, die sie holen wollen.*

Mia schrie nicht.

Immerhin.

Stattdessen schaute sie Samuel direkt ins Gesicht und fragte, sichtlich verunsichert: »Ist das ein guter Mensch?«

»Ja«, beeilte er sich zu sagen. »Du bist in Sicherheit. Hier im Krankenhaus sind nur gute Menschen.«

Mias Züge entspannten sich ein wenig.

Die Oberschwester trat ans Bett heran, inspizierte das Display des längst wieder verstummten EKGs.

»All die Menschen in den blauen Hemden«, erklärte Samuel, deutete dabei versehentlich direkt auf Ediths üppigen Busen und ließ die Hand hastig wieder sinken, »egal, ob Mann oder Frau, die wollen dir helfen, damit es dir bald besser geht. Und die in den weißen Kitteln auch.«

Mia verzog den Mund, schien einen Moment darüber nachzudenken. »Okay.«

»Das wird schon alles wieder, kleine Jane«, sagte die Oberschwester, offenbar zufrieden mit dem, was sie auf dem Bildschirm sah. Sie drehte trotzdem am Rollschieber der Infusion und warf dabei erst den Kommissaren, dann Samuel mahnende Blicke zu. »Sie dürfen sie nicht zu sehr aufregen!«

Er setzte wieder sein professionelles Lächeln auf.

Edith musterte ihn eindringlich, nickte schließlich und watschelte mit wippendem Dutt davon. »Und machen Sie nicht mehr zu lange! Schlaf ist bekanntlich die beste Medizin.«

»Ja, ja«, murrte Ahrens, ehe die Tür hinter der Oberschwester ins Schloss fiel.

Samuel wandte sich wieder Mia zu, versuchte einzuschätzen, ob er es trotz ihres fragilen, seelischen Zustands wagen konnte, endlich die Fragen zu stellen, die auf ihm lasteten wie riesige Klötze aus Blei.

Wer ist Hannah?!

Was ist nur mit dir passiert, mein Schatz?!

Sie wirkte matt. Ob das daran lag, dass die Flüssigkeit im Infusionsbeutel nun deutlich schneller in den Schlauch und damit auch in ihre Vene rann, oder daran, dass sie von der Erinnerung an das Erlebte erschöpft war, vermochte Samuel nicht zu sagen.

Er öffnete den Mund, ohne so recht zu wissen, wie er das weitere Gespräch einleiten sollte – aber Petrowski kam ihm zuvor: »Möchtest du uns vielleicht jetzt deinen Namen verraten?«

Mia biss sich auf die Unterlippe, schien zu überlegen. »Ich ... ich weiß ihn nicht mehr.«

Samuel schluckte gegen den schmerzhaften Kloß im Hals an.

»Das ist okay«, sagte die Kommissarin. »Vielleicht fällt er dir ja später noch ein.«

Mia nickte. »Aber das ... ist doch jetzt egal! Ihr sollt Hannah holen!«

»Das machen wir«, versprach Petrowski. »Aber du musst uns dabei helfen, okay?«

»Wie?«

Samuel ergriff Mias unverletzte Hand, um sie sanft zu drücken.

»Du hilfst uns, indem du uns alles erzählst, was du weißt«, erklärte die Kommissarin. »Ich stelle dir Fragen, und du beantwortest sie, so gut du kannst. In Ordnung?«

Mia schien verunsichert. »Ich ... ich versuch's.«

Samuel hörte das Rascheln von Papier und sah im Augenwinkel, dass Ahrens nun Notizbuch und Kugelschreiber in der Hand hielt.

Petrowski räusperte sich, ehe sie begann: »Du und Hannah, ihr wart also in einem Haus?«

Ein Nicken.

Wer ist Hannah?!

Samuel wusste, vielleicht besser als jeder andere, dass es sinnvoll war, einen traumatisierten Menschen – noch dazu eine Jugendliche, fast noch ein Kind – langsam an den Kern der Sache heranzuführen. Trotzdem machte ihn die Herangehensweise der Kommissarin schier rasend.

Was ist mit Mia passiert?!

»Kannst du uns die Adresse sagen?«

Mia rümpfte die Nase und schob das Kinn ein Stück nach vorn, schaute Petrowski ratlos an.

»Oder vielleicht kennst du etwas, das ganz in der Nähe ist. Einen Laden oder ein Restaurant.«

Mias Gesichtsausdruck veränderte sich nicht.

»Was sieht man, wenn man aus den Fenstern schaut?«

»Den Himmel. Eine ... Straße. Und einen Baum.«

Na, prima!

Samuel versuchte krampfhaft, sich Enttäuschung und Ungeduld nicht anmerken zu lassen.

»Und wenn man rausgeht?«

Die tiefblauen Augen wurden wieder ganz groß. »Nach draußen?! Das geht doch nicht«, sagte Mia entrüstet.

Sie schreit etwas von Monstern, die sie holen wollen.

Petrowski nickte wissend. »Gehst du zur Schule?«, schlug sie einen neuen Weg ein. Sicher, um Mia von den bösen Gedanken abzulenken.

Die schaute die Kommissarin an, als habe sie den Verstand verloren. »Ich muss nicht mehr Lesenüben. Ich bin doch schon groß!«

Samuel spürte einen Stich in der Brust.

»Und sehr tapfer!« Petrowski lächelte, aber er sah, dass sie es nur tat, damit Mia sich besser fühlte. »Du machst das richtig gut.«

Mia lächelte auch. Zumindest ein wenig. Sie wirkte matt. Die Lider begannen wieder zu flackern. »Sind wir ... fertig?«

»Noch nicht ganz. Hältst du noch ein kleines Bisschen durch?«

»Geht ihr ... Hannah holen?«, stöhnte Mia, als habe sie die Kommissarin überhaupt nicht gehört.

Bitte, Schatz, flehte Samuel in Gedanken, *ich weiß, dass du das schaffst!*

»Kannst du uns vorher etwas über Hannah erzählen?«, fragte Petrowski sanft. »Wie sieht sie aus?«

Der bandagierte Kopf wiegte hin und her. »Sie hat ... blonde Haare ... blaue Augen ... wie ich.«

Irgendwo in Samuels Unterbewusstsein schrillte ein Glöckchen. Er konnte den Grund nicht festmachen, hatte auch keine Zeit dazu, denn:

»Wenn Mädchen groß sind«, sagte Mia tonlos, »dann bekommen sie ein Baby in den Bauch.«

Nein! Das ist nicht ...

Er japste ungläubig, taumelte zurück, sah hilfesuchend zu Petrowski – und erstarrte.

Die Kommissarin schien kein bisschen überrascht.

20

Das ist nicht wahr!

Samuels Muskeln verkrampften sich.

Die Kommissarin lächelte noch immer. »Du machst das gut! Nur noch ein paar Fragen, okay?«

Mia nickte langsam.

»Wie alt ist Hannah?«

»Acht. Hannah ist acht.«

Mia ist dreizehn! Hannah ist nicht ihr Kind!

Für den Bruchteil einer Sekunde verspürte Samuel Erleichterung.

Dann sah er die Verwunderung, die wie ein dunkler Schatten über Petrowskis Gesicht huschte.

Nein! Es darf nicht wahr sein!

»Und in dem Haus«, fragte die Kommissarin, jetzt wieder ganz zur Professionalität zurückgekehrt, »war da noch ein Kind?«

Aber ...

Mia riss die Augen auf. Dann den Mund. Und schrie.
»Neiiiiiiiiiiiiiiii –«

Samuel hörte ein Knacken und spürte einen Druck auf den Ohren, als würde ein gigantischer Schraubstock seinen Schädel zerquetschen.

Mit einem Schlag erinnerte er sich an den Dialog im Besprechungsraum zurück.

Daran, wie Petrowski die Ergebnisse der rechtsmedizinischen Untersuchung zusammengefasst, und wie sich ihre Miene gegen Ende verfinstert hatte. *Und dann ist da noch —*

Daran, wie ihr Kollege schroff dazwischen gegangen war. *Das reicht wohl fürs Erste,* hatte Ahrens gebrummt und die späte Stunde vorgeschützt, aber —

Samuel durchflutete eine Woge des Schmerzes.

Es ist *wahr!*

Sie hat ein Kind geboren!

Etwas in ihm zerbrach. Für immer.

Gleichzeitig barst die Zwinge um den Schädel — und Samuel schleuderte ins Grauen der Gegenwart zurück.

»—iiiiiiiiiin!« Mia schlug um sich. Jedes Leben schien aus den weit aufgerissenen Augen gewichen.

Das EKG-Gerät piepste wie verrückt.

»Bitte beruhige dich doch«, sagte Petrowski, obwohl auch ihre Stimme alles andere als gefasst klang. »Du bist jetzt in Sicherheit!«

»Es ist ein Kreis! Verstehst du das nicht?!« Der eingegipste Arm donnerte auf die Matratze. Der andere hieb wild in die Luft, zerrte am Infusionsschlauch, der jetzt wie eine Schlinge darum gewickelt war.

Schatz!

Samuel löste sich aus der Schockstarre. Er hastete nach vorn, versuchte verzweifelt, Mia davon abzuhalten, sich wehzutun – und kassierte einen Schlag auf die Rippen.

»Nein! Nein! Ihr müsst sie holen!«

»Wir holen sie«, versprach Petrowski, die nun zur anderen Seite des Bettes eilte.

Mia kämpfte verbissen gegen die beiden an. Wieder und wieder griff Samuel ins Leere.

Er hörte, wie die Tür aufging und Ahrens rief: »Wir brauchen hier einen Arzt!«

Das Piepsen wurde noch hektischer.

»Nein! Nein!« Mias Arm schoss ein weiteres Mal in die Höhe, riss am Schlauch – und der Infusionsbeutel löste sich aus der Aufhängung und patschte auf den Boden.

Endlich gelang es Samuel, Mias Finger zu packen. »Schhhhhh.«

Mia zappelte, versuchte, die Hand zu entwinden. »Sie kam aus meinem Bauch!«

Ein stechender Schmerz schoss durch seine Brust. »Schhhhhh«, wiederholte Samuel, weil ihm noch immer die Worte fehlten.

Hastige Schritte näherten sich.

Das Piepen des EKG-Geräts erstarb.

Mia erstarrte – und sackte sichtlich erschöpft ins Kissen.

»Lassen Sie sie los!«

Noch ehe Samuel die Stimme identifizieren konnte, wurde er an der Schulter gepackt, zur Seite geschoben. Er spürte, wie ihm Mias Finger entglitten.

»Ich *wusste*, das ist ein Fehler«, heischte Krause nun Petrowski an. »Musste das Mädchen nicht schon genug ertragen?!«

Die Kommissarin schürzte die Lippen und trat vom Bett zurück.

Entführt und versteckt.

Verprügelt und liegengelassen.

Mehrfach notoperiert und mit Medikamenten vollgepumpt.

Einem Rechtsmediziner vorgeführt.

Samuel schluckte, kämpfte gegen die Tränen.

Sie hat ein Kind geboren!

»Wir haben das doch schon besprochen, Herr Krause«, murrte Ahrens, irgendwo außerhalb seines Sichtfelds. »Die Befragung war wichtig.«

»*Doktor* Krause«, korrigierte der Arzt schnippisch, während er sich bereits der nun beinahe leblos wirkenden Mia zuwandte. Er zog eine Kanüle aus der Kittel-Tasche und injizierte den Inhalt fachmännisch in den intravenösen Zugang am Handrücken. »Alles gut«, sagte er, deutlich sanfter. »Jetzt darfst du schlafen.«

Mias Augenlider flatterten. »Hannah ...«

Hannah ist acht, hallte es durch Samuels Schädel. Ihm wurde übel.

»Sie ... ist im Dach! Da ... hab ich auch gewohnt, aber dann ... hab ich ... ein eigenes Zimmer bekommen.«

21

Das Mädchen mit dem roten Kleid war nicht in meinem Bauch. Es kam mit Mama aus dem Zimmer, in das ich nicht darf.

Da ist die Tür nicht ganz zu! Im Spalt ist es hell, aber nicht wie vom Tag.

»Komm!«, flüstert Mama von oben.

Ich schaue die Leiter hoch, aber sie ist nicht mehr im Loch. Sie ist mit dem Mädchen weggegangen.

»Wir bringen sie ins Bett.«

Ich höre, wie ihre Füße über mir gehen.

»Es ist schon fast Blaue Stunde!«

Ich soll brav sein und eine Mama. Aber das ist doch alles ganz falsch!

»Komm hoch!«

Meine Brust tut mir weh, und ich hab einen Knoten im Hals. Ich laufe weg von der Leiter, zum Zimmer, in das ich nicht darf.

Jetzt höre ich wieder Mamas Füße.

»Ihr könnt kuscheln!«

Ich gebe der Tür einen Schubs – und blinzle. Das Licht ist ganz gelb, und mich schaut ein Mädchen an.

»Komm jetzt!«

Ich blinzle nochmal.

Das Mädchen im Zimmer ist gar nicht echt! Es ist nur an der Wand, auf einem Bild, aber nicht gemalt.

Davor steht ein Bett, da sind Ketten dran, wie beim Tor von der Ritterburg in meinem Buch, und auf der Matratze ist – Blut! Ganz viel Blut!

»Hannah!« Mamas Stimme ist jetzt ganz komisch. So als wäre gar keine Liebe mehr drin. »Hannah, geh von der Tür weg!«

Mir ist ganz schlecht, und meine Augen werden jetzt schwimmig.

»Hannah!« Auf einmal steht Mama neben mir, packt meinen Oberarm und zieht mich weg.

Ich gucke sie an – und muss weinen.

Jetzt weiß ich: Es wird nie mehr, wie es *vorher* war.

TEIL ZWEI

Hannah

22

»Wie konnten Sie mir das nur verschweigen?!« Samuel hieb die Faust auf die Mahagoni-Tischplatte. »Sie hat ein Kind geboren! Und dann ist da noch diese Hannah! Von wegen, ›wir sind alle auf demselben Stand‹! Könnte mir jetzt vielleicht endlich jemand sagen, was hier gespielt wird?!«

Petrowski, ihm am Tisch des Konferenzraums gegenüber, machte ein betretenes Gesicht. »Na ja ... nach dem Vorfall, von dem Doktor Krause uns berichtet hat ...«

Mehr sagte sie nicht. Aber das brauchte sie auch nicht. Samuel verstand.

Deinen Verdacht verschweigst du besser auch. Sonst halten dich alle für verrückt.

Er biss die Zähne zusammen, versuchte dem sauren Gemisch aus Wut und Verzweiflung, das in ihm brodelte, Herr zu werden. Für Mia.

»Herr Holler«, murrte Ahrens, der als einziger stehengeblieben war. »Wir haben Sie nur deshalb hinzugezogen, weil uns quasi keine Wahl blieb – *und* weil Herr Doktor Weigel uns mehrfach versichert hat, dass Sie sich jetzt wieder im Griff haben!«

Samuel schluckte.

Beide Kommissare musterten ihn eindringlich.

Er setzte sein professionelles Lächeln auf und gab sich alle Mühe, nicht wie ein besorgter Vater zu wirken.

»Entschuldigen Sie bitte meinen Ausbruch. Es war ein langer Tag.«

Mehrere Sekunden lang herrschte Schweigen.

Samuel lächelte weiter, hoffte und bangte, betete sogar im Stillen an einen Gott, an den er nicht glaubte.

Schließlich brummte Ahrens: »In Ordnung. Wenden wir uns dem Fall zu.« Die Miene jedoch blieb skeptisch.

»Wir wollten Sie nicht verärgern, Herr Holler«, sagte Petrowski versöhnlich. »Im Gegenteil: Wir sind auf Ihre Hilfe angewiesen.«

»Helfen kann ich nur, wenn ich alle Fakten kenne.«

Was ist nur mit dir passiert, Mia?!

Die Kommissarin nickte und atmete tief durch, ehe sie begann: »Die Aussage des Opfers deckt sich mit unserer Vermutung, dass es sich beim Fundort des Mädchens nicht um den Tatort handelt.«

Ich wollte tapfer sein ... aber es ... hat so wehgetan, hörte Samuel Mia in der Erinnerung sagen, ... *deshalb ... bin ich weggelaufen.*

»Stattdessen«, fuhr Petrowski fort, »muss sie gestern Abend an einem anderen Ort geschlagen worden und anschließend geflohen sein. Aufgrund des Ausmaßes der inneren Verletzungen glauben die Ärzte, dass sie höchstens einen Kilometer weit gekommen sein kann.«

Dann war sie all die Jahre ganz in meiner Nähe?!

»Die Tatzeit dürfte gestern Abend gegen 22 Uhr –«

»Ich denke, das ist für die psychologische Betreuung irrelevant,« unterbrach Ahrens seine Kollegin und sah demonstrativ zum Fenster, hinter dem die Sonne bereits tief am Himmel stand. »Sie, Herr Holler«, er wandte sich wieder Samuel zu, »müssen nur wissen, dass wir von einem Fall von häuslichem Missbrauch ausgehen und unter Hochdruck ermitteln.«

Sie wurde entführt!

»Wie kommen Sie darauf, dass es sich um –«

»Natürlich ist das vorerst nur eine Vermutung. Aber tatsächlich sind die Täter solcher Übergriffe zu mehr als fünfundneunzig Prozent im engen Umfeld der Kinder zu finden. Dazu kommt die Aussage des Opfers: Sie war in einem Haus, das sie nie verlassen hat. Wenn es nicht die Eltern waren, die sie dort festgehalten haben, warum haben die sie dann nicht als vermisst gemeldet?!«

Wir dachten, Mia sei tot!

Samuel fühlte sich, als wäre er unter eine S-Bahn geraten. Er öffnete den Mund, aber noch ehe er etwas sagen konnte, übernahm Petrowski wieder das Wort: »Nach der Befragung ist außerdem davon auszugehen, dass es ein weiteres Opfer gibt: die achtjährige Hannah. Vermutlich handelt es sich um die Schwester, und die befindet sich noch –«

»Sie hat keine Schwester!«, platzte es aus ihm heraus.

Die Kommissarin zuckte überrascht zurück.

»So?« Ahrens runzelte die Stirn. »Wie kommen Sie darauf, Herr Holler?«

»Ich ...« Samuel zögerte – und plötzlich schoss ihm Mias Beschreibung von Hannah in den Sinn: *Sie hat ... blonde Haare ... blaue Augen ... wie ich.* Das Glöckchen in seinem Unterbewusstsein schrillte wieder.

»Herr Holler?«

»Es könnte sein«, erklärte er und zog dabei die Wörter etwas in die Länge, weil er sich den Gedanken selbst erst noch durch den Kopf gehen lassen musste, »dass diese ›Hannah‹ ein Produkt ihres Traumas ist. Eine Abkopplung ihrer selbst, auf die sie ihre Gefühle projiziert.«

Aber ...

Acht. Hannah ist acht.

Petrowski zog Notizblock und Stift aus der Tasche ihrer Lederjacke und schrieb etwas hinein. »Kommt das häufig vor?«

»Nein«, gestand Samuel, der die Theorie selbst für recht dünn hielt. »Nur in Ausnahmefällen.«

Wenn Mia sich eine Projektion erschaffen hätte, dann doch wohl eine, die jünger ist. Ihr siebenjähriges Ich. Aus der Zeit bevor ...

»Wir ermitteln in *alle* Richtungen.« Die Kommissarin lächelte ihn aufmunternd an, und es wirkte, als schließe der Satz ausdrücklich auch eine Entführung mit ein.

»Aktuell«, brummte Ahrens, »ist alles möglich.«

Samuel war erleichtert. Aber ihm brannte noch eine andere Frage auf der Seele. *Sie kam aus meinem Bauch!*

»M–« Er ließ die Lippen zusammengepresst, zögerte, begann erneut: »Die Patientin hat ein Kind geboren?«

Der Kommissar schwieg.

Dafür übernahm wieder seine Kollegin: »Der endgültige Bericht des Rechtsmediziners liegt uns, wie bereits erwähnt, noch nicht vor. Aber, ja, es steht außer Zweifel, dass das Opfer ein Kind geboren hat.«

Wer hat dir das angetan, Mia?!

Samuel schob die Hände unter die Tischplatte und verkrampfte sie zu Fäusten.

»Und zwar«, fuhr Petrowski mit sichtlich betroffener Miene fort, »schon vor geraumer Zeit. Die Organe haben sich vollständig zurückgebildet.«

Er spürte, wie sich seine Fingernägel wie von selbst ins Fleisch gruben. »Sie ... Sie suchen also nach einer Einjährigen?«

Die Kommissarin wiegte den Kopf hin und her. »Ja, mindestens. Genauer lässt sich das Alter nicht bestimmen, wird aber natürlich nach oben hin vom Alter der Mutter eingegrenzt.«

Zwölf! Mia muss zwölf gewesen sein, als ...

»Allerdings ...« Petrowski räusperte sich. »Allerdings besteht die Möglichkeit, dass das Kind nicht lebend zur Welt kam. Oder zwischenzeitlich verstorben ist.«

23

Samuel wurde übel. Der Druck im Schädel meldete sich zurück. *Mia, mein Schatz, wer hat dir das nur angetan?!*

Für einen Moment herrschte betretenes Schweigen im Konferenzraum. Von draußen war durch den Lärm der Stadt hindurch das Zwitschern einer Lerche zu hören.

»Ich fürchte«, murrte Ahrens schließlich, sichtlich unzufrieden mit dem Ergebnis des Tages, »wir können hier heute nichts mehr tun.« Die Schweißflecke unter den Ärmeln seines hellblauen Hemdes schienen gewachsen. Das Gesicht wirkte ausgezehrt. »Die Kollegen haben zwischenzeitlich angefangen, die Anwohner rund um den Park zu befragen. Vielleicht kennt jemand das Opfer. Oder hat sie gestern Abend bei ihrer Flucht gesehen und kann uns sagen, aus welcher Richtung sie kam.«

Petrowski nickte, erhob sich vom Stuhl und steckte Notizblock und Kugelschreiber zurück in die Jackentasche. »Und *wir* starten morgen einen neuen Versuch, mit ihr zu sprechen. Dann ist zumindest der erste Schock überwunden, und sie kann uns etwas mehr sagen.«

Samuel, der wusste, dass sich die Traumatherapie über Jahre hinziehen würde, bezweifelte das. Trotzdem stand er ebenfalls auf. Die beiden Kommissare hatten recht. Hier und heute würde es keine Antworten auf all die Fragen, die ihm durch den Kopf surrten, geben.

Außerdem fiel ihm plötzlich ein, dass er und Nadine ja mit Norbert zum Abendessen verabredet waren. Wie jeden Dienstag. Womöglich lag seinem Schwiegervater endlich das Ergebnis des DNA-Tests vor, und dann hatte zumindest das Versteckspiel ein Ende.

Dann müssen sie mir glauben!

Samuels Stimmung besserte sich schlagartig.

Alles wird gut. Mia ist jetzt in Sicherheit!

Er zweifelte nicht daran, dass Petrowski und Ahrens auch die beiden anderen Mädchen finden würden.

Hoffentlich lebend …

Die drei verließen den Konferenzraum und gingen schweigend den Flur entlang, in den Aufzug und durch den Ausgang der Klinik, in den beginnenden Sonnenuntergang hinaus.

»Wollen wir uns morgen um neun vor dem Krankenzimmer treffen?«, schlug Petrowski vor, ehe sich ihre Wege trennten.

»Einverstanden. Bis dann!«

»Sollte noch irgendetwas sein, rufen Sie uns bitte an.« Sie überreichte Samuel eine Visitenkarte.

Er nahm sie entgegen und steckte sie ein.

Die beiden Kommissare wandten sich grußlos ab und trotteten Richtung Parkplatz davon.

Samuel blieb noch einen Moment stehen, zog das Handy aus der Tasche hervor und stellte überrascht fest, dass es bereits kurz vor acht war. Seine Ehefrau hatte ihm vor einigen Minuten eine Whatsapp-Nachricht geschickt: »Essen mit Papa! Wir müssen bald los! Wo steckst du denn?«

Das könnte ich dich genauso fragen, schoss es Samuel durch den Kopf, obwohl Nadine offensichtlich wieder zuhause war. Ansonsten hätte sie schließlich sein Fehlen nicht bemerkt.

Er hastete los, erreichte den 285er-Bus gerade noch, bevor sich die Türen schlossen, sprang hinein und ließ sich erschöpft auf den erstbesten Sitz fallen. Nachdem er wieder etwas zu Atem gekommen war, klippte er den Dienstausweis von der Gürtelschlaufe und stopfte ihn in die Jackentasche. Dann tippte er eine Antwort an seine Frau: »Entschuldige, wurde im KH aufgehalten. Bin jetzt aber unterwegs und komme direkt dorthin.«

Er steckte das Handy weg und ließ den Blick aus dem Fenster gleiten. Die Sonne war nun fast untergegangen; die Gebäude, die vorbeizogen, schienen bläulich verfärbt. Samuel versuchte, sich auf die Häuser, Straßen, Bäume und Passanten zu konzentrieren, nicht nachzudenken, aber es misslang.

Immer wieder kehrte sein Verstand zu Mia zurück. Zu den drängenden Fragen, auf die es einfach keine Antwort zu geben schien.

Wer hat dir das angetan, mein Schatz?

Welche Hölle musstest du in diesem Haus durchleiden?

Und: *Wie bist du überhaupt dort hingekommen?*

Einen kurzen Moment lang erwog er, seiner Ehefrau von Mias Rückkehr zu erzählen. Immerhin war sie ihre Mama. Aber wem war damit geholfen, wenn es doch noch so viele ungeklärte Dinge gab? Norbert hatte recht. Es würde Nadine viel zu sehr aufregen.

24

Ich will, dass alles wie *vorher* ist – als sie noch bei mir gewohnt hat! Da war ich nie ganz allein!

»Schhhhhhh, Hannah. Es ist gut«, sagt Mama. »Alles ist gut.«

Aber gar nichts ist gut! Ich liege auf der Matratze in meinem Zimmer und weine, dabei soll ich doch tapfer sein, wie der Ritter im Buch. Mein Arm tut weh, weil ich mir schon so lange den Mund zuhalte. Und mein Hals auch, weil wieder ein Knoten drin ist, ein ganz fester.

»Schhhhhhhh.« Mama streichelt mir über den Kopf, und das ist ein bisschen gut. »Schau! Jetzt ist doch Blaue Stunde! Das gefällt dir doch so!«

Ich schnupfe, und ich kann gar nicht mehr weinen. Meine Tränen sind leer. Also nehme ich die Hand vom Mund, setze mich hin und gucke mich um.

Ich hab vorhin schon mein Nachthemd angezogen, obwohl ich geweint hab, und es ist jetzt hellblau, nicht mehr weiß. Die Matratze ist hellblau, und auch das Dreirad, die Burg und der Boden, nur das Loch in der Mitte ist schwarz.

»Und du bist doch auch nicht mehr allein hier oben«, sagt Mama. »Du bekommst jetzt Schlafmedizin, und dann könnt ihr zwei kuscheln!«

Ich schaue zum Mädchen im roten Kleid hin. Es liegt neben mir, auf der Matratze, wo sonst meine Füße liegen.

Die Haut ist hellblau, weil ja Blaue Stunde ist, und es hat die Augen zu. Bestimmt hat es vorhin schon Medizin bekommen und schläft.

»Du musst ihr noch einen Namen geben.« Mama sieht traurig aus, und das gefällt mir nicht. Fast muss ich doch wieder weinen. »Du bist doch jetzt ... ihre Mama.«

Ich nicke, obwohl ich nicht will.

»Also, wie heißt sie?«

Ich kenne nicht viele Namen, also sage ich: »Maggie«.

Das war der Name von Mamas Mama. Eigentlich hieß sie Magdalena, aber jeder hat sie Maggie genannt. Das hat mir Mama mal erzählt, und ich will, dass sie sich jetzt wieder freut.

Es klappt, sie lächelt. »Das hätte ihr gefallen.«

Von unten kommt ein Geräusch – *Pling!*

Nicht, wie wenn jemand ins Haus kommt, es klingt anders und ist viel leiser.

»Ich muss gehen«, sagt Mama und steht auf.

Ich halte ihr Kleid fest, obwohl ich ja weiß, dass das nichts bringt. »Bleib hier!«

»Schhhhh, Hannah, es ist Zeit.« Sie zieht die Medizin aus der Tasche, macht den Becherdeckel und dann den richtigen Deckel ab, so wie immer. »Das weißt du doch.«

»Aber ich will noch nicht schlafen!«

»Hannah, bitte!« Mama schaut wieder traurig, deshalb bin ich brav.

Ich nehme den Becherdeckel, in dem jetzt die weiße Schlafmedizin ist, kippe sie in meinen Mund und –

Maggie wimmert ganz laut.

Ich drehe den Kopf und mache vor Schreck den Mund auf. Die Medizin läuft über mein Kinn. Schnell mach ich sie mit der Hand weg, damit Mama nicht sehen kann, dass ich gesabbert hab. Ich bin jetzt ein großes Mädchen, und die sabbern nicht.

»Schlaf gut«, sagt Mama.

Ich gebe den Becherdeckel zurück und lege mich hin. Ganz nah an Maggie, weil sie bestimmt Angst hat und kuscheln hilft. »Schhhhh«, flüstere ich. »Du darfst nicht weinen, okay? Sonst kommen die Monster, und das ist nicht gut.«

Ich höre, wie Mamas Füße auf den Boden und dann auf die Leiter gehen. Und wie die Klappe zugeht.

25

Samuel erreichte die schicke Villa seines Schwiegervaters um 20:33 Uhr, also gerade einmal drei Minuten nach der vereinbarten Zeit. Trotzdem wartete eine sichtlich verstimmte Nadine im Lampenschein vor der Eingangstür.

Na, ganz toll …

Verstärkt wurde die miese Laune bestimmt dadurch, dass sie fror. Denn trotz der niedrigen Temperaturen, die mit der Abenddämmerung hereingebrochen waren, trug Samuels Ehefrau nur ein, etwas altbackenes, Sommerkleid mit Blümchenmuster, das bis auf halbe Höhe ihrer Waden reichte.

»Ent– ... Entschuldige!« Er hastete außer Atem auf sie zu, trat zu ihr unter das kleine Vordach und drückte auf die Klingel. »Fast pünktlich!«

»Das hab ich auch schon probiert«, maulte Nadine und deutete auf die leere Einfahrt. »Papa ist nicht da. Meinst du etwa, ich würde mir sonst hier die Beine in den Bauch stehen?!«

»Was ...«, keuchte Samuel, »... was hast du da überhaupt an?«

Sie machte ein Gesicht, als habe er sie geschlagen. »Es hat Mama gehört. Gefällt es dir nicht?!«

Besser als der Bademantel! Aber ...

»Na ja ...«, druckste er herum. »Es ist vielleicht ein bisschen –«

Zum Glück fuhr just in diesem Moment Norberts Mercedes vor.

»Ah, da ist er ja!« Samuel beobachtete, wie sich sein Schwiegervater mühsam vom Sitz schälte. Nicht nur das Auto war in die Jahre gekommen. Wie Norbert so in der Einfahrt stand, sichtlich erschöpft vom Stress des Tages, wirkte er richtig alt. Die Halbglatze schimmerte in der Abenddämmerung.

»Entschuldigt, Kinder!« Er beugte sich nach vorn, streckte den Oberkörper noch einmal ins Wageninnere und kehrte mit einer großen, milchig-weißen Plastiktüte in Händen zurück. »Ich bin zu spät losgekommen, habe uns aber noch was vom Chinesen geholt.«

Samuel war erleichtert. Obwohl sein Schwiegervater seit mehr als zwanzig Jahren allein lebte, ließen seine Kochkünste noch immer sehr zu wünschen übrig. Was ihn allerdings nicht davon abhielt, das wöchentliche, gemeinsame Mahl selbst zuzubereiten.

»Hallo Papa«, flötete Nadine, deutlich besser gelaunt als noch vor wenigen Augenblicken.

»Hallo Kleines«, Norbert kam zu ihnen und drückte seiner Tochter einen Kuss auf die Stirn. »Und natürlich auch ein Hallo an dich, Samuel! Nimmst du die Tüte?« Er drückte ihm den Henkel in die Hand, kramte einen Schlüsselbund aus der Manteltasche und öffnete die Tür.

»Ich muss als allererstes auf die Toilette«, rief Nadine, quetschte sich an Norbert vorbei.

Der schaltete das Flurlicht an und nickte, obwohl sie bereits im Gäste-WC verschwunden war. »Du weißt ja, wo es ist.« Er schickte sich an, ebenfalls einzutreten, aber Samuel hielt ihn mit der freien Hand zurück.

»Warte!« Seine Stimme war nur ein Flüstern, damit Nadine nichts mitbekam. »Hast du das Test-Ergebnis?«

Norbert drehte sich mit gerunzelter Stirn zu ihm um und antwortete ebenso leise: »Du glaubst immer noch, dass diese Patientin Mia ist? Die Kommissare sagten, es handle sich um einen Fall von häuslicher Gewalt.«

Er glaubt mir immer noch nicht!

»Sie ermitteln in alle Richtungen! Aber ich –« Samuel brach ab. Er hatte nicht die Geduld, das alles zu erklären. Und auch nicht die Zeit, jetzt war schon das Rauschen der Klospülung zu hören. »Was ist mit dem Test?«

»Ja, Moment.« Sein Schwiegervater öffnete die beiden Knöpfe des Mantels, griff in die Innentasche und zog zwei Plastikröhrchen hervor, in denen je ein Pfropfen mit einem Stäbchen und einem Wattebausch am Ende steckte. »Der Dietmar Geisel aus dem Labor ist mir noch einen Gefallen schuldig. Aber das behältst du bitte für dich! Also: Ich brauche eine Probe von dir und eine von ihr, natürlich.«

Samuel starrte ungläubig auf Norberts ausgestreckte Hand.

»Jetzt steck sie schon ein!«

Er tat wie ihm geheißen – keine Sekunde zu früh, denn genau in diesem Moment flog drinnen die Tür des Gäste-WCs auf.

»Was steht ihr denn da draußen rum?«, rief Nadine. »Los jetzt! Ich hab Hunger!«

»Wir kommen«, antwortete Samuel in betont fröhlichem Tonfall.

Seine Ehefrau kam heraus, nahm ihm die Takeaway-Tüte ab – »Sonst wird das ja nie was!« – und verschwand damit in der Küche.

Er wartete, bis er drin Geschirr klappern hörte, dann wandte er sich wieder Norbert zu und flüsterte: »Ich dachte, du hättest dich längst darum gekümmert?«

Sein Schwiegervater hob abwehrend die Hände. »Das musst du schon selbst machen. Das Mädchen ist nicht meine Patientin. Ich kann nicht einfach in ihr Zimmer latschen und –«

»Du bist der Chefarzt!«

»Eben! Dafür habe ich hart gearbeitet. Und wie sieht denn das aus, wenn ich erwischt werde?!«

Wir brechen damit das Gesetz, erinnerte sich Samuel an Norberts Worte.

»Außerdem ...«, fügte der jetzt hinzu, »ganz ehrlich: Wenn ich den Test mit *meinem* Speichel gemacht hätte, und er wäre negativ, hättest du das Ergebnis dann überhaupt akzeptiert? Oder hättest du nicht doch eher irgendeinen Blödsinn erfunden, wie: Nadine sei gar nicht meine Tochter, und ich daher auch nicht Mias Opa?!«

Samuel biss sich auf die Lippe. Er fühlte sich ertappt, gleichzeitig kehrte die Verzweiflung wieder zurück. Nun standen ihm weitere Stunden – *oder gar Tage?* – dieser Scharade bevor.

Norbert schien seine Gedanken zu erahnen. Jetzt stand ihm Mitleid ins Gesicht geschrieben. »Ich sage dem Geisel, er soll sich mit der Analyse beeilen. Je schneller du mir die Proben bringst, desto eher hast du Gewissheit.«

»Danke dir!« Jetzt brachte Samuel sogar ein Lächeln zustande.

Bald, Mia! Bald wissen alle, dass ich dein Papa bin! Und dann kann ich bei dir sein!

Die beiden gingen ins Haus, hängten Jacke und Mantel an den geschwungenen Garderobenständer, und während Norbert im Vorratsraum nach einer geeigneten Flasche Wein suchte und Nadine das Essen erwärmte und hübsch anrichtete, unternahm Samuel, wie jeden Dienstag, eine Reise in die Vergangenheit.

In dem geräumigen Wohnzimmer hatte sich kaum etwas verändert, seit er es mit fünfzehn zum ersten Mal betreten hatte. Das dunkelbraune Sofa mit Samtbezug war noch da, die Regale voller Bücher, akzentuiert mit Deko-Elementen, teuren Sammlerstücken, wie Samuel mittlerweile wusste. Der hölzerne Couchtisch mit den verschnörkelten Schnitzereien war derselbe, genau wie der kleinere in der Ecke, auf dem seit mehr als zwanzig Jahren ein Strauß getrockneter Blumen stand. Auch der flauschige Teppich hatte die Jahre überdauert, obwohl er weiß war und Samuel sich immer wieder aufs Neue fragte, wie Norbert das Ungetüm sauber hielt.

Die Pflanzen waren im Lauf der Zeit ersetzt worden, ebenso der Fernseher. Die Sammlung gerahmter Bilder an der Wand hatte sich vergrößert. Viele zeigten Nadine als Kind. Die waren damals schon dagewesen, genau wie das Hochzeitsfoto ihrer Eltern. Hinzugekommen war ihr eigenes, außerdem gab es natürlich mehrere Aufnahmen von Mia.

Ein anderes Bild, das ganz links, war lange vor ihrer Geburt entstanden. Es zeigte Samuel mit neunzehn, neben Nadine und deren Mutter, alle drei mit strahlendem Lächeln. Norbert hatte das Foto geschossen, am Tag vor dem Umzug nach Heidelberg, wo Samuel einen der begehrten Studienplätze ergattert und Nadine die Ausbildung zur Krankenschwester gemacht hatte.

Dass ihre Tochter so weit wegzog, für eine Jugendliebe, hatte die Eltern verstimmt. Trotzdem hatten beide tatkräftig beim Packen geholfen. Da hatte der Krebs bereits unbemerkt in Nadines Mutter gewuchert. Fünf Jahre später war sie gestorben.

Ein Räuspern.

Samuel fuhr herum – und entdeckte Norbert, der mit einem Weinglas in der Hand im Türrahmen stand.

»Kaum zu glauben, dass das alles schon so lange her ist.« Sein Schwiegervater strich sich mit der freien Linken über den schneeweißen Haarkranz. »Die Zeit vergeht wie im Flug, und alles ändert sich.«

Samuel nickte beklommen und blickte noch einmal zu dem Foto, auf dem er und Nadine so glücklich aussahen. Jetzt, mit sechsundvierzig, war die Welt eine ganz andere als sie es damals gewesen war.

Irgendwann, zwischen der kleinen Studi-Wohnung in Heidelberg und der Rückkehr nach Berlin, noch vor Mias – *vermeintlichem* – Tod, hatte ihre Beziehung die Leichtigkeit verloren. Und wahrscheinlich kam die nie mehr zurück.

26

»Das war mal wieder ein netter Abend«, sagte Nadine, während sie den Blinker betätigte und den Audi aus der Parklücke am Straßenrand rangierte. »Ich finde, die Essen bei Papa tun uns richtig gut!«

»M-hm.« Samuel war da geteilter Meinung.

Früher, wenn sie für Mia einen Babysitter geholt und stundenlang mit Norbert gequatscht und gelacht hatten – ja, *das* hatte ihnen und auch der Beziehung gutgetan. Jetzt waren die Gespräche von langem Schweigen durchzogen, die Abende kurz. Es gab nichts mehr zu sagen.

Trotzdem mochte er seinen Schwiegervater. Und es war natürlich auch wichtig, dass Nadine wenigstens einmal pro Woche vor die Tür kam, damit sie nicht –

Moment mal!

»Wo warst du eigentlich vorhin?«

Das Gesicht seiner Ehefrau wirkte im Scheinwerferlicht eines entgegenkommenden Wagens beinahe weiß, eine Sekunde später wieder dunkelgrau. »Wann?«

»So um sechs. Ich hab nach dir gerufen, aber –«

»Sagtest du nicht, du wärst in der Klinik aufgehalten worden?!« Ihre Stimme klang vorwurfsvoll, als habe er ein Geheimnis vor ihr, nicht umgekehrt.

Wobei ...

»Ich war zwischendurch zuhause, bin dann aber angerufen worden, wegen ... einer Patientin.«

Nadine schwieg.

Ein weiteres Mal dachte Samuel darüber nach, ihr zu berichten, was heute passiert war, sich alles von der Seele zu reden, aber ...

Erzähl niemandem davon! Schon gar nicht Nadine! Es würde sie nur unnötig aufwühlen.

Außerdem wurde ihm plötzlich bewusst, dass sie seine Frage gar nicht beantwortet hatte, und es machte ihn rasend. Das machte sie immer! Sie drehte die Dinge so, dass er der Dumme war. »Also ... wo warst du?«

»Ich musste ein paar Besorgungen machen«, antwortete sie schnippisch. »*Du* kümmerst dich ja hauptsächlich darum, dass dir der Gin nicht ausgeht!«

Autsch!

Er biss sich auf die Lippe und starrte stumm durchs Beifahrerfenster hinaus. Ein großer, beinahe blendend heller Vollmond stand über den vorbeiziehenden Straßenzügen und ließ Häuser und Vorgärten in gespenstischem Weiß erstrahlen. Alles sah unwirklich aus, irgendwie falsch.

Samuel schauderte und wandte sich wieder seiner Ehefrau zu, unternahm einen neuen Versuch, ein normales Gespräch zu führen: »Ich hab gehört, du willst wieder anfangen zu arbeiten?«

Sie schien überrascht. »Wer hat dir das erzählt?«

»Der Krause.«

Nadine presste die Lippen zusammen, den Blick nach vorn gerichtet. Ihr Profil wirkte für einen Moment wie das einer Bronzestatue. Dann nickte sie langsam. »M-hm. Ich hab zumindest drüber nachgedacht.«

Samuel dachte an den fleckigen Morgenmantel – und hatte so seine Zweifel daran, dass sie dem Stress der Klinik gewachsen sein würde, sagte aber lieber nichts.

Beide schwiegen, bis Nadine den Audi in die Einfahrt vor ihrem Haus lenkte. »Da sind wir.«

»M-hm.« Ihm war die Lust auf Small-Talk vergangen. Er wollte nur noch ins Bett – und vorher vielleicht ein Glas Gin.

Eins kann wohl nicht schaden ... nach allem, was heute los war! Nur, damit ich besser einschlafen kann ...

Er musste wieder an Mia denken, die im Krankenbett lag und wohl für immer traumatisiert war. Eine Therapie würde zweifellos Jahre dauern, und selbst dann würde seine Tochter nie mehr die sein, die sie einst gewesen war. Oder die, die aus ihr hätte werden können.

Wer hat dir das nur angetan, mein Schatz?!

Tief in Gedanken versunken, stieg Samuel aus dem Wagen, knallte die Tür zu und folgte Nadine zum Haus.

Ehe sie aufschloss, bückte sich seine Frau nach vorn und klaubte etwas vom Fußabtreter auf. Dann trat sie ein, schaltete das Flurlicht ein, legte den Gegenstand auf die Kommode und zog sich die Pumps aus.

Was zum ...?!

Samuel blinzelte überrascht, als er feststellte, dass sie nicht nur keine Jacke, sondern auch keine Strumpfhose getragen hatte. »Sag mal ... war dir das nicht zu kalt?«

Sie zuckte die Achseln und zog einen Flunsch. »Ach, schon okay. Mach dir mal um mich keine Sorgen ...« Sie griff nach dem Gegenstand – einem DIN-A5 großen, weißen Umschlag, wie er nun feststellte –, hob ihn von der Kommode auf und ging damit in die Küche.

»Was ist das?«, rief Samuel ihr nach, während er sich der Jacke entledigte und sie sorgsam an die Garderobe hängte. Die zwei Plastikröhrchen im Inneren der Tasche klapperten leise.

»Keine Ahnung, aber es steht mein Name drauf«, sagte Nadine, gerade als er zu ihr in die Küche trat. Sie hielt ein Messer in der Hand, schlitzte damit vorsichtig die Seite des flachen Kuverts auf und legte den behelfsmäßigen Brieföffner anschließend beiseite.

Dann griff sie in den Umschlag, zog etwas hervor – und machte ein Geräusch, als würde ihr sämtliche Luft aus der Lunge entweichen. »Pffffffffffff ...«

27

Ich wache auf, und es ist blau im Zimmer, weil jetzt der kreisrunde Mond am Himmel ist, wie im Feenbuch. Ich dachte, es veralbert mich, aber es gibt ihn in echt!

Unten sind Geräusche im Haus. Und Stimmen. Es sind Mama und Papa. Aber etwas ist falsch.

Mama schreit ganz laut, und ich bekomme Angst, dass die Monster sie hören.

Und Papa klingt auch anders als sonst.

Maggie merkt es auch, sie strampelt und wimmert.

»Schhhh«, mache ich, weil ich doch auf sie aufpassen muss. »Es wird gut«, sage ich, obwohl ich nicht weiß, ob das stimmt.

28

»Ich fasse es nicht!«, schrie Nadine zum wiederholten Mal und zeigte anklagend auf das Foto, das sie soeben aus dem Umschlag gezogen und auf die Küchenablage geknallt hatte. »Das ist von heute! Lüg mich nicht an! Du hast die gleichen Klamotten an, und das Shirt hast du gerade erst gekauft!«

Das Bild war nicht professionell gedruckt worden, sondern stammte wohl aus einem Heimgerät, weshalb die Konturen leicht verwaschen wirkten. Trotzdem war das Motiv klar zu erkennen. Da stand Samuel, vor dem Eingang der Klinik – in den Armen von Sarah Helmholtz.

Sie hat das alles geplant!

»Es ist nicht so, wie es aussieht«, beteuerte Samuel und hätte sich, kaum dass der Satz raus war, am liebsten die Zunge abgebissen.

»*Das* behaupten sie alle«, keifte seine Ehefrau prompt. »Und es ist immer gelogen!«

»Wenn ich es dir doch sage ...«

»Ich kann nicht glauben, wie dumm ich war! ›Es war ein Fehler‹«, äffte sie ihn nach. »Ich hab mit ihr Schluss gemacht‹! Und ich Idiotin bin darauf reingefallen!«

»Schatz, ich —«

»Nenn mich nicht ›Schatz‹, verdammt nochmal! Jahrelang hast du das nicht mehr gemacht, jetzt brauchst du auch nicht wieder anfangen!«

»Aber —«

»Das zwischen euch hat nie aufgehört! Gib es zu!«

»Ich —«

»Und dann macht ihr das auch noch öffentlich, direkt vor der Klinik! Was zum Teufel hast du dir dabei —«

»Jetzt hör mir doch zu!«, brüllte Samuel so laut er nur konnte.

Nadine zuckte erschrocken zurück.

Erst jetzt fiel ihm auf, dass er die Hände zu Fäusten geballt hatte, die Schultern gerafft wie ein Boxer, bereit für den Kampf.

Er lockerte die Körperhaltung und senkte die Stimme – zumindest ein wenig, denn die Wut brach sich Bahn: »Sarah hat das alles eingefädelt! Ich hab nicht die leiseste Ahnung, wie oder weshalb, aber —«

»Mach dich nicht lächerlich«, zischte seine Ehefrau, offenbar ebenfalls wieder angriffslustig. »Willst du etwa behaupten, du bist zufällig in ihre Arme gestolpert?!«

»Nein, natürlich nicht, es —«

»Ich fasse es nicht, dass ich so blind sein konnte! Und dass ich ein schlechtes Gewissen hatte, weil —«

»Mia ist wieder da!«

Nadine erstarrte. Ihr Blick wirkte vollkommen leer. »Wie ... wie meinst du das?«

Samuel bereute bereits, dass er es ihr gesagt hatte, aber jetzt war es zu spät. »Sie ist in der Klinik, wurde gestern Nacht eingeliefert und steht unter Schock. Aber sie ist —«

»Hör auf damit!« Sie taumelte zurück. Jetzt standen Tränen in ihren Augen. »Hör auf! Hör endlich auf!«

Er ging zu ihr, legte ihr die Hand auf die Schulter. »Schatz, es geht ihr gut, sie —«

»Nein!« Sie machte sich los. »Ich muss hier raus!«

»Aber —«

»Das machst du immer wieder, du kannst einfach nicht loslassen!«, schrie Nadine. »Mia ist tot! Sie kommt nicht zurück, sieh's endlich ein!«

»Aber diesmal ist sie —«

»Du tust mir weh! Jedes Mal, wenn es wieder losgeht! Kapierst du das nicht?!«

»Schatz, ich habe —«, unternahm Samuel einen neuen Anlauf, seiner Ehefrau alles zu erklären, aber die kreischte weiter.

»Weißt du was?! Du bist nicht nur ein Arsch, sondern auch ein beschissener Psychologe! Du bist ja selbst total verrückt!«

Sein Verstand setzte aus.

29

Samuel saß, ein leeres Glas in der Hand, auf der Couch im Wohnzimmer und dachte nach. Zumindest versuchte er es, denn das Denken fiel ihm mit jeder Stunde, die Nadine nun weg war, schwerer und schwerer. Womöglich lag das am Gin.

Das erste Glas hatte er sich eingegossen, während Nadine ... gepackt hatte? Stimmte das denn? Ja, doch, er erinnerte sich vage an einen Koffer.

Und ihr Geschrei!

Ganz deutlich stand ihm dagegen das Bild vor Augen, wie sie sich die knallrote Wange gehalten und ihn ungläubig angeglotzt hatte.

Weil er sie geschlagen hatte. Nicht mit Absicht, es war einfach passiert.

Aber sie hat, verdammt nochmal, auch nicht aufgehört zu zetern!

Natürlich hatte er sich trotzdem sofort entschuldigt! Oder nicht?!

Samuel schob den Gedanken beiseite, nahm die Gin-Flasche vom Beistelltisch und goss sich noch einmal ein großzügiges Glas voll ein.

Das vierte ... oder ist es das fünfte?

Nadine war bestimmt zu ihrem Vater gefahren und würde sich sicherlich melden, sobald sie sich abgeregt hatte. Sie würden sich beide beieinander entschuldigen, und das Leben konnte weitergehen. Das *echte* Leben – schließlich war Mia wieder da!

Jetzt fielen ihm die Test-Röhrchen in seiner Jackentasche wieder ein, und die Stimmung besserte sich schlagartig. Morgen früh würde er Speichelproben nehmen und sie Norbert geben. Der Typ im Labor würde sie auswerten, und dann hatte der Spuk endlich ein Ende.

Dann müssen sie mir glauben! Alle! Sogar Nadine ...

Samuel nahm noch einen Schluck Gin – und fragte sich mit einem Mal, ob er überhaupt *wollte*, dass seine Frau zurückkam. Immerhin war die Beziehung längst angeknackst gewesen, lange bevor Mia ... verschwunden war. Konnten die drei je die Familie sein, die er sich als junger Mann ausgemalt hatte?

Mia, ich ... und Nadine?

Da stand so viel zwischen ihnen als Paar. Nicht zuletzt Sarah, die –

Samuel runzelte die Stirn und nahm einen weiteren, großen Schluck Gin.

Erst die angeblich zufällige Begegnung, jetzt das Foto ...

Es stand außer Frage, dass Sarah das alles geplant hatte. Sie musste vor dem Eingang der Klinik auf ihn gewartet und eine Kamera, vielleicht auch ihr Handy, im Gebüsch platziert oder jemanden beauftragt haben, das Bild zu schießen. Nur ... weshalb?

Nein, korrigierte sich Samuel sofort. *Die Frage ist nicht, weshalb, sondern: Wieso ausgerechnet jetzt?!*

Vor der Nachricht am Morgen – *Du bist nicht allein.* – hatte er monatelang nichts von Sarah gehört. Und auch davor war es immer bei schmalzigen Texten geblieben. Warum also betrieb sie – *heute!* – so einen Aufwand, um einen Streit mit Nadine zu provozieren und Samuel doch noch für sich zu gewinnen?

War es möglich, dass sie von Mias Rückkehr wusste? Wollte *sie* die dritte im künftigen Familienbund sein?

Liebe, die nicht Wahnsinn ist, ist keine Liebe, schoss es ihm wieder durch den Kopf.

Dann – beängstigend klar: *War Sarah vielleicht sogar in Mias Entführung damals verstrickt?!*

Wieder dachte Samuel darüber nach, wie seine Tochter überhaupt in die Fänge eines Peinigers hatte gelangen können. Er hatte den Unfall doch selbst beobachtet, war zu Mia geeilt, hatte ihre Verletzungen gesehen und ihre Hand gehalten! In blinder Panik hatte er seine Ehefrau angerufen, die sofort kehrtgemacht hatte und wenige Minuten später eingetroffen war. Kurz darauf war auch der Rettungsdienst gekommen, den die alte Weiß von Gegenüber verständigt hatte.

Ja, und dann ...

Nur ein Elternteil hatte mit in den Krankenwagen gedurft, und Nadine war natürlich sofort neben die Trage gesprungen. Schließlich war sie die Mutter. Samuel war mit dem Audi hinterhergefahren, hatte, an der Klinik angekommen, erst noch einen Parkplatz suchen müssen, war in die Notaufnahme geeilt und –

Noch heute, und selbst jetzt im Suff, erinnerte er sich glasklar. An Nadines verheulte Augen. An Krause, der den Mund bewegte, ohne dass die Wörter zu Samuel durchdrangen. Und an Mias zerbrochenen Körper, der leblos und kalt auf der Trage lag.

Sie hätte tot sein müssen! Aber sie war es nicht.

Samuel nahm noch einen Schluck Gin, versuchte, die schrecklichen Erinnerungen aus seinem Bewusstsein zu vertreiben. Doch statt ihrer schlichen sich neue, weitaus verstörendere Bilder ein.

Er sah Mia – oder zumindest eine etwas undeutliche Version ihres achtjährigen Ichs –, die im Dachboden einer zerrütteten Häuserruine kauerte und verzweifelt um Hilfe schrie. Und er beobachtete, wie sich ein riesiger, dunkler Schatten näherte – und das Mädchen verschlang.

Nein! Nein! Es geht ihr gut! Mia ist in Sicherheit!

Und die anderen beiden Mädchen werden die Kommissare ebenfalls finden!

Samuel kippte den verbleibenden Schluck Gin runter und goss sich sofort ein neues Glas ein.

Einer noch ... damit ich schlafen kann ...

30

Mama hat geschrien. »Hör auf!«, hat sie immer wieder ganz laut gesagt, und dass ihr was wehtut. Und ich hab Geräusche gehört. Ein Klopfen, wie wenn man auf Holz haut, aber doch anders und nicht so laut.

Vielleicht, denke ich, sind die Monster jetzt doch ins Haus gekommen. Vielleicht haben *sie* Mama wehgetan.

Maggie und ich sind schnell ins Geheimversteck, damit sie uns nicht finden. Aber sie sind nicht gekommen, und jetzt ist es unten schon lange ganz still.

Hier oben nicht. Maggie jammert und strampelt in meinem Arm, weil es dunkel ist, und weil sie Angst hat.

»Schhhh«, flüstere ich. »Sei leise! Sonst kommen die Monster zurück!«

Meine Augen sind schwimmig, und mir ist ganz übel.

Maggie weint immer weiter, obwohl sie nicht soll.

»Schhhh.« Ich drücke die Wandklappe auf, und da ist Licht. »Schau, Maggie!« Ich zeige zum Fenster, damit sie aufhört zu weinen. »Den Mond gibt es in echt, und er ist ganz rund!«

Aber es hilft nicht, sie wimmert weiter.

Also krabble ich mit ihr aus dem Versteck und aus der Burg. Ich trage sie durchs Zimmer und schaukle sie in meinen Armen, aber sie wimmert noch mehr. Ich will ihr den Mund zuhalten und so lange draufdrücken, bis sie still ist –

Da fällt mir was ein, was bei mir *vorher* geholfen hat.

Ich bringe Maggie zum Dreirad, neben der Matratze, und setze sie drauf. »Du darfst nicht strampeln«, flüstere ich, weil die Räder ja Lärm machen, aber das brauche ich gar nicht. Ihre Füße kommen nicht an die Pedale dran.

»Jetzt denk«, sage ich in ihr Ohr, »du bist in einem Wald, wie im Feenbuch.« Ich sehe es vor mir, und ich hoffe, sie auch. Aber sie heult noch lauter, und ich merke, dass sie das Moos und die Bäume gar nicht sehen kann, weil sie das Buch ja noch gar nicht kennt.

Ich will es holen und ihr zeigen, aber da höre ich, wie die Klappe im Boden aufgeht. Aber das ist doch falsch! Ich drehe mich ganz schnell um, und da ist –

»Papa!«

Ich zittere, obwohl ich froh bin. Papa ist da, jetzt ist alles gut!

»Du bist ja noch wach«, sagt er und kommt aus dem Loch. »Solltest du nicht längst schlafen?«

»Ich hab Angst vor den Monstern«, flüstere ich, und das Zittern hört nicht auf.

»Die sind weg«, sagt Papa, aber etwas ist falsch.

Manchmal, wenn noch Tag ist, holt er mich nach unten zum Spielen. Dann ist er lieb, und wir kichern ganz viel. Seine Stimme klingt *immer*, als wäre ganz viel Liebe drin. Aber jetzt ist das anders. Jetzt klingt sie gemein.

Er kommt auf mich zu, und er guckt komisch. Das ist alles ganz falsch!

Vielleicht haben die Monster *ihm* auch wehgetan.

»Wo ist Mama?«, frage ich, aber er grinst nur.

Er ist jetzt ganz nah. »Hast du deine Medizin denn gar nicht genommen?«

Ich schüttle den Kopf, und mir wird noch übler. Weil große Mädchen nicht sabbern, und ich jetzt eins bin.

»Dabei sollst du doch schlafen, mein kleiner Schatz!«

Die Wörter sind gut, aber die Stimme ist böse. Alles dreht sich, und mein Po plumpst auf die Matratze.

Maggie wimmert noch lauter.

Ich schaue zu ihr, und Papa lacht.

»Wo ist Mama?«, frage ich noch mal, und ich muss dabei weinen.

»Sie ist weg.«

Ich schnupfe, und ich sehe durch die Tränen, dass Papa jetzt seine Hose aufmacht.

»Du bekommst gleich deine Medizin«, flüstert er und setzt sich neben mich, »und dann tut's gar nicht mehr weh, versprochen!« Er grinst, aber ich weiß, dass es eine Lüge ist!

»Mamaaaaa!« Ich strample, weil er mein Bein greift.

Aber er drückt ganz fest zu, und ich kann nicht weg.

»Sei still!«, sagt Papa ganz laut. »Mama kommt nicht wieder!«

Meine Augen werden wieder schwimmig, und Mamas Stimme ist in meinem Kopf: *Wenn Mädchen groß sind, dann bekommen sie ein Baby in den Bauch. Und dann ... dann ist ihre Mama nicht mehr da.*

Ich schreie, weil ich's jetzt verstehe: Er hat sie auch ›tot‹ gemacht.

31

Die kleine Hand des Mädchens, das nicht Mia war und irgendwie doch, schoss nach oben und verkrampfte sich zur Faust. Dann wurde sie mit einem Mal schlaff.

Der dunkle Schemen hatte Reißzähne, und er fraß das Mädchen in Sekundenschnelle auf. Er fuhr herum, zeigte in Gänze sein Gesicht, und –

Alles tat weh.

Samuel blinzelte, sah nichts als Raufasertapete.

Er kippte den Kopf nach vorn und fand sich im taghellen Wohnzimmer seines Hauses wieder. Er musste auf dem Sofa eingeschlafen sein. Im Sitzen.

Na, prima ...

Der Schmerz im Nacken brachte ihn schier um den Verstand. Der Schädel dröhnte, und das Herz raste.

Was ist passiert?!

Er durchforschte das Gedächtnis. Aber da waren nur noch Fetzen, wie Puzzleteile, aber mit scharfen Kanten.

Sie schreit etwas von Monstern, die sie holen wollen, hörte er Ahrens sagen.

Hör auf damit! Nadines schmerzverzerrtes Gesicht. *Hör auf! Hör endlich auf!*

Da war ein schwarzer Schatten, aber er hatte Zähne.

Und ein kleines Mädchen, gerade erst acht.

Du tust mir weh!, schrie Nadine. *Jedes Mal, wenn es wieder losgeht! Kapierst du das nicht?!*

Samuel schüttelte den Kopf, vertrieb die Sequenzen aus seinen Gedanken. Nichts davon ergab Sinn. Und es passte schon gar nicht zusammen.

Er blinzelte ein weiteres Mal, entdeckte die Flasche auf dem Beistelltisch. Leer.

Kein Wunder, dass es mir so elend geht!
Dabei hab ich doch nur ein Glas trinken wollen …

»Nadiiiine?«

Keine Antwort. Im Haus herrschte Stille.

Samuel hob die Arme, obwohl jeder einzelne Muskel darin schmerzte, und rieb sich die Schläfen.

»Nadiiiiiiiii—«

Mit einem Schlag kehrte die Erinnerung zurück.

Das Foto. Der Streit. Die knallrote Wange. Und der Koffer.

Samuel schluckte hart. Irgendetwas Feuchtes klebte am Kinn. Er wischte es mit der Hand weg und stellte ernüchtert fest, dass er sich im Schlaf übergeben haben musste. Ein Blick nach unten verschaffte ihm Gewissheit: Auf dem Shirt befand sich milchig-weiße Kotze.

Ist ja nicht das erste Mal …

Er schälte sich mit eingeübter Routine aus dem Stoff, ohne dabei das Erbrochene zu berühren. Ein Teil des dicklichen Schmodders siffte allerdings aufs Sofa.

Passiert.

Samuel kümmerte sich nicht darum, warf stattdessen das zusammengeknüllte Shirt darauf und sah sich nach seinem Handy um. Es steckte zwischen den Kissen, er zog es hervor.

Das Display zeigte keine neuen Nachrichten.

Dabei hatte Samuel gehofft, dass Nadine inzwischen über die ganze Sache geschlafen und sich gemeldet hatte.

Er presste die Lippen zusammen, öffnete Whatsapp und unternahm selbst einen ersten Wiederannäherungsversuch: »Es tut mir leid. Bitte komm nach Hause. Lass es mich erklären. Vielleicht heute Abend, beim Essen?«

Er schickte die Nachricht ab, aber sie wurde nicht zugestellt. Unter dem Text erschien nur ein Haken, statt der üblichen zwei.

Na klar, dachte Samuel bitter, *sie hat sich bei Norbert verkrochen und das Handy ausgemacht!*

Aber das würde sich bald ändern, da war er sicher. Und bis dahin würde er das Ergebnis des DNA-Tests haben. Dann *musste* seine Ehefrau ihm glauben! Und auch alle anderen, die –

Die Röhrchen!

Schlagartig erinnerte er sich, dass er heute vor neun in der Klinik sein sollte. Er musste die Proben nehmen, ehe die Kommissare eintrafen.

Wir brechen damit das Gesetz.

Er warf einen Blick auf die Zeitanzeige in der linken, oberen Ecke des Smartphone-Bildschirms – und sprang auf. So schnell er mit dem Brummschädel nur konnte, hastete er ins Schlafzimmer, zog sich ein frisches Shirt über, anschließend kurz ins Bad, Zähne putzen und mit Mundwasser nachspülen.

Dann nichts wie los, zur Garderobe, wo er in die Jacke schlüpfte und rasch die Taschen abklopfte. In der rechten klapperte es leise, und Samuel atmete erleichtert auf. Die Test-Röhrchen waren noch da.

Ich komme, Mia! Papa ist gleich da!

Er riss die Tür auf – und stutzte.

»Nadiiiine?«

Der Audi stand in der Einfahrt, aber im Haus war es nach wie vor totenstill.

Egal jetzt, entschied Samuel. *Kommt mir ja nur recht, dass sie nicht das Auto genommen hat!*

Er nahm den Wagenschlüssel aus der Schale im Flur und eilte hinaus.

Die Fahrt tat ihm gut, und als er fünfzehn Minuten später die Klinik erreichte, fühlte er sich deutlich besser, hellwach, ja, beinahe erholt.

Das lag sicherlich daran, dass er einen Großteil des Gins in der Nacht wieder hochgewürgt hatte. Vielleicht aber auch daran, dass ihm eine Aufgabe bevorstand.

Eine Aufgabe, für die es sich zu kämpfen lohnt.

32

Im Erdgeschoss des Klinikgebäudes entdeckte Samuel seinen Schwiegervater, der, dank des weißen Haarkranzes und des auffällig gebräunten Teints, auch von hinten gut zu erkennen war. Er spazierte gerade in Richtung Abteilung für Gefäßchirurgie, eine Hand in der Kitteltasche, die andere schwang bei jedem Schritt lässig mit.

»Norbert! Warte!« Ein kurzer Sprint, und er hatte ihn eingeholt.

Sein Schwiegervater drehte sich um und hob, sichtlich überrascht, die schlohweißen Augenbrauen. »Samuel! Was machst du denn schon hier?«

Ich bin nur eine Viertelstunde früher dran als sonst, wollte er erwidern, da fiel ihm ein, dass Norbert von dem Streit mit Nadine wissen musste. Bestimmt hatte er angenommen, Samuel würde sich deshalb verspäten – und das hätte er mit Sicherheit, wäre da nicht Mia.

»Ich ... ich hab da doch was zu erledigen«, erklärte Samuel, klopfte mit der flachen Hand auf die Jackentasche, in der die beiden Probenröhrchen steckten, und zwinkerte Norbert verschwörerisch zu.

Der grinste. »Ah, verstehe.«

»Aber deshalb habe ich dich nicht aufgehalten. Ich wollte fragen, ob es Nadine einigermaßen gut –«

Es piepte eindringlich. Norbert zog den Funkmeldeempfänger hervor und sah aufs Display. »Mist! Tut mir leid, ich muss. Bring mir die … *Sachen* nachher einfach ins Büro, okay? Ich schicke dir eine Nachricht, sobald ich was weiß.«

Noch ehe Samuel etwas erwidern konnte, trabte sein Schwiegervater eiligen Schrittes davon.

Na gut. Ist erstmal ja auch nicht so wichtig.

Er wandte sich um und marschierte zum Lift. Alle Kabinen befanden sich aktuell in anderen Stockwerken, wie auf der leuchtend roten Anzeige darüber zu lesen war. Samuel drückte den Rufknopf, wartete, hibbelte dabei ungeduldig von einem Bein aufs andere.

Im Augenwinkel machte er den tätowierten Hünen in Pflegerkluft aus, der ihn gestern so unsanft von Mias Bett weggeschubst hatte. Er lehnte mit der Schulter an der Wand, nahe einer riesigen Topfpflanze, und sprach in ein Handy, das er sich mit der rechten Hand ans Ohr hielt. »Ja, ich weiß. Ich habe mich darum gekümmert.«

Samuel runzelte die Stirn. Hatte der Kerl nicht gestern noch breiten Dialekt gesprochen?

Egal!

Jetzt glitt die Fahrstuhltür endlich auf, und er konnte einsteigen. Er drückte den Knopf für den siebten Stock, anstatt, wie üblich, zuerst die Jacke im Spind zu deponieren. Das hatte er während der Autofahrt so entschieden. Ohne die Jacke gab es keine Möglichkeit, die Test-röhrchen zu verstecken.

Wir brechen damit das Gesetz, rief er sich noch einmal ins Gedächtnis zurück.

Sein Puls beschleunigte sich.

Die Kabine erreichte Mias Station, Samuel stürzte hinaus – und kam etwa zwei Meter weit, ehe er mit voller Wucht gegen Doktor Krause prallte.

»Herrje, Holler«, maulte der und bückte sich nach den Papieren, die ihm durch den Zusammenstoß entglitten und aufs Linoleum gesegelt waren. »Passen Sie doch auf!«

»Entschuldigung«, hörte Samuel sich sagen, während er seinerseits in die Hocke ging, um dem Mediziner zu helfen.

Warum entschuldige ich mich?! Wir sind mindestens gleichermaßen schuld!

Krankenhausangestellte eilten achtlos an den beiden vorbei.

»Erst verbreiten Sie irgendwelche wilden Theorien«, keifte Krause, »haben wieder einen halben Nervenzusammenbruch, und jetzt rennen Sie mich auch noch über den Haufen!« Er entriss Samuel den Ausdruck eines tabellarischen Blutbilds, stopfte ihn zu den anderen Unterlagen in die Mappe und richtete sich wieder auf. »Machen Sie endlich Ihre Arbeit, statt noch mehr Unruhe zu stiften«, maulte er, machte auf dem Absatz kehrt und stürmte mit wehendem Kittel davon.

Samuel, der in der Zwischenzeit ebenfalls wieder aufgestanden war, zögerte. Ihm war nicht entgangen, wie schnell sich Krauses Hände bewegt hatten. Er glaubte sogar, sie ganz kurz in der Nähe seiner Hüfte gespürt zu haben.

Er hat doch nicht ...?!
Oder doch?!

Schlagartig beschlich Samuel das eigenartige Gefühl, dass ihm etwas fehlte. Sein Puls beschleunigte sich noch mehr. Hastig klopfte er sich die Jackentaschen ab.

Gott sei Dank! Die Probenröhrchen sind noch da!

Auch Handy, Geldbeutel und Schlüsselbund waren, wo sie hingehörten. Samuel musste sich geirrt haben. Er war beruhigt, wenngleich das Herz den Rhythmus beibehielt.

Wenn Mia es zulässt, kann ich sie vielleicht sogar umarmen. Ganz kurz nur ...

Dennoch setzte er den Weg zu Zimmer 712 deutlich langsamer fort als zuvor. Es war – wie ihm nun bewusstwurde – weitaus zielführender, die Vorfreude zu zähmen und besonnen zu handeln. Er durfte nicht noch mehr Aufmerksamkeit erregen.

Vor Mias Tür würde ihm etwas flau im Magen. Er blickte nach links und rechts, versicherte sich, dass ihn niemand beobachtete. Pfleger und Schwestern gingen vorbei, schienen jedoch in die jeweils eigene Tätigkeit vertieft. Also schlüpfte Samuel rasch ins Zimmer.

Mia lag mit geschlossenen Augen und völlig reglos im Bett, und ihn packte blinde Panik.

Nein! Nein! Sie darf nicht tot sein!

Dann bemerkte er, dass sich der Brustkorb unter dem dünnen OP-Hemd hob und senkte. Das EKG-Gerät zeigte reguläre Herzkurven.

Alles in Ordnung. Alles ist gut, versuchte sich Samuel zu beruhigen, aber es half nur sehr wenig. Er zitterte am ganzen Leib.

»Hallo, mein —« Er schluckte, erinnerte sich daran, dass auch ihr Peiniger sie ›Schatz‹ genannt haben musste, und korrigierte sich: »Hallo, Mia!«

Sie rollte den bandagierten Kopf zur Seite. Die Lider flatterten.

Samuel trat langsam aufs Bett zu. Er wollte Mia nicht erschrecken. Gleichzeitig drängte die Zeit. Jede Minute konnten Petrowski und Ahrens in der Klinik eintreffen, und dann war die Chance, eine DNA-Probe zu nehmen, vorerst vertan. »Mia?«

Sie stöhnte, brabbelte etwas Unverständliches.

»Ich brauche ein bisschen Spucke von dir.« Samuel holte eins der Probenbehältnisse hervor und zog den Pfropfen mit dem Stil und dem Wattebausch am Ende heraus, ehe er das Röhrchen zurück in die Tasche gleiten ließ. »Ist das in Ordnung?« Jetzt war er Mia ganz nah.

»Papa ...«, hauchte die plötzlich.

Ihm wurde vor Erleichterung ganz schwindelig. Das Herz machte einen Satz, schien beinahe durch die Rippen hindurchzuspringen.

»Papa ...«

»Ich bin da, Mia! Ich bin da!«

»Tu ... tu mir nicht weh!«

Der geflüsterte Satz traf ihn wie ein Schlag ins Gesicht. Trotzdem behielt er den beruhigenden Tonfall bei, als er Mia versicherte: »Es wird nicht wehtun!«

»Papa ...«

»Es ist nur ein bisschen Watte, ganz kurz in deinem Mund. Du wirst es kaum spüren. Das verspreche ich!«

Sie brabbelte etwas, aber er konnte die Wörter nicht verstehen.

»Schhhh.« Vorsichtig streckte Samuel die linke Hand aus, ergriff ihren Unterkiefer und zog ihn ein klein wenig nach unten. »Alles wird gut.« Er hob die rechte und schob das Probenstäbchen leicht schräg zwischen den Lippen hindurch, bis es die Innenseite der Wange berührte. »Fast geschafft.« Ein sanftes Wedeln, dann zog er das Ding wieder heraus.

Mia hustete und stöhnte.

»Schhhh.« Samuel ließ ihren Kiefer los und trat einen Schritt zurück, obwohl er seine Tochter am liebsten sofort in die Arme geschlossen und ganz fest an sich gedrückt hätte. Sie war noch nicht soweit. Das war zwar schmerzhaft, aber er musste es aushalten.

Er holte das Röhrchen hervor, steckte den Stäbchen-Stopfen hinein und verstaute es wieder in der Tasche.

»Papa«, hauchte Mia, tief im Delirium gefangen. »Tu mir nicht weh!«

Er unterdrückte die Tränen. »Es ist vorbei, Schatz. Du bist in Sicherheit.«

»Papa!« Plötzlich riss Mia die Augen auf, starrte ihn an, aber der Blick wirkte vollkommen leer. Ein Ruck ging durch ihren Körper. Die Gelenke knackten. Sie zuckte unkontrolliert.

»Mia!« Samuel stürzte auf sie zu, ergriff ihre Hand.

Der Infusionsschlauch klapperte wieder und wieder gegen den Metall-Ständer. Das Laken raschelte.

Mia hörte nicht auf zu zucken.

Samuel wandte den Blick ab, sah zum EKG-Gerät – und begann zu schreien.

Die Herzkurven im Display waren völlig außer Kontrolle geraten, sackten schlagartig ab und sausten arrhythmisch wieder hoch.

Aber da war kein Piepen.

33

Er hat versprochen, dass es nicht wehtut. Das war eine Lüge! Es hat wehgetan.

Papa hat mir ganz viel Schlafmedizin gegeben. Aber jetzt hat Maggie gewimmert, und ich bin aufgewacht.

Es tut immer noch weh, obwohl schon wieder Tag ist. Ich bin müde, und ich friere. Ich hab ja kein Nachthemd mehr an. Es liegt geknüllt neben der Matratze. Ich strecke den Arm, aber dabei tut's noch mehr weh. Im Bauch und zwischen den Beinen.

Ich gucke hin, und da ist Blut, an meiner Unterhose und auf der Matratze. Es ist ganz viel!

Vielleicht, denke ich, will Papa mich auch ›tot‹ machen.

Ich weiß nicht, warum. Ich war immer brav. Meine Augen werden schwimmig, und mir wird übel. Ich kann nicht aufstehen. Aber ich rutsche ein bisschen weg.

Maggie wimmert ganz laut, weil sie jetzt allein ist.

Oder vielleicht hat Papa ihr auch wehgetan.

Ich ziehe sie nah zu mir ran, und wir kuscheln.

»Schhhh«, mache ich – und meine Augen gehen zu. Von ganz allein.

34

»Hiiilfe!«, brüllte Samuel, so laut er nur konnte, während er mit der rechten Hand Mias Hand hielt und mit der linken wieder und wieder auf den Rufknopf am Galgen des Krankenbetts drückte.

Der zarte Körper zuckte und bog sich. Die Augen starrten leblos ins Leere, während der bandagierte Kopf von den Muskelspasmen herumgeschleudert wurde.

Das EKG-Display zeigte unregelmäßige Zickzack-Linien, aber das Gerät blieb weiterhin stumm.

»Hiiiiiiilfe!«

Endlich flog die Tür auf.

»Herrgott, Holler! Was haben Sie denn jetzt wieder angestellt?!« Doktor Krause stürmte ins Zimmer, dicht gefolgt vom tätowierten Hünen.

»Jehn Se beiseite«, kommandierte der – und Samuel wurde ein weiteres Mal unsanft an den Schultern gepackt und weggeschoben, spürte wieder, wie ihm Mia entglitt.

Diesmal vielleicht für immer ...

Der Pfleger drehte am Rollschieber und stoppte so die Infusion.

Samuels Puls raste. Ihm war speiübel, und das Shirt unter der Jacke war schweißnass. »Was ist mit ihr?«

Die EKG-Wellen wollten sich einfach nicht normalisieren. Mia zuckte und zuckte.

»Verschwinden Sie«, keifte Krause.

Ich denk gar nicht dran!

»Was ist mit ihr?«, fragte Samuel noch einmal.

Krause antwortete nicht, riss stattdessen ein Stethoskop aus der Kitteltasche und hörte Mias Brustkorb ab. Dann den Bauch. Seine Miene verfinsterte sich. »Herz-Rhythmus-Störung«, sagte er, an den Pfleger gewandt, »wahrscheinlich bedingt durch innere Blutungen. Eine der Nähte muss aufgeplatzt sein. Geben Sie den Chirurgen Bescheid! Sie muss sofort operiert werden.«

Nein! Ich darf sie nicht noch einmal verlieren!

Samuel taumelte rückwärts, bis sein Rücken die Wand berührte, machte Platz, damit Krause und der Hüne ihren Job machen konnten – Mias Leben retten.

Er beobachtete, wie der Hüne den Infusionsschlauch vom intravenösen Zugang an Mias Handrücken trennte. Wie Krause das OP-Hemd im Nacken aufknotete, es nach unten schob und die Klebeelektroden von Mias Brust riss. Wie die beiden die Bremsen des Krankenbetts lösten. Und wie Mias zuckender Körper aus dem Zimmer geschoben wurde.

***

Noch eine ganze Weile stand Samuel so da – unter Schock. Schier unfähig zu atmen. Dann schälte er den Rücken von der Wand ab und stakste wie ein Roboter hinaus.

Er nahm weder die Klinik-Geräuschkulisse um sich herum, noch seine eigenen Gefühle wirklich wahr. Alles war dumpf und milchig-trüb, als stecke sein Kopf in einem gigantischen Wattebausch.

Er taumelte ins Dienstzimmer, an der Oberschwester vorbei, die den Mund bewegte, ohne dass Wörter rauskamen, ließ sich auf einen Stuhl am Gemeinschaftstisch fallen und stierte einige Minuten lang stur geradeaus, ohne irgendetwas von dem zu bemerken, was um ihn herum vorging.

Da war ein Piepen in seinen Ohren – obwohl in Mias Zimmer keins gewesen war.

Jemand muss das EKG-Gerät manipuliert haben!

Samuel blinzelte. Der Gedanke holte ihn ruckartig in die Realität zurück. Er konnte wieder klar sehen, spüren, und die Geräusche des Klinik-Alltags prasselten auf ihn ein. Scheppern, Klappern, Jammern – und Edith:

»– Kaffee gemacht, Herr Holler.« Sie stellte eine Tasse mit dampfendem Inhalt vor ihm ab. »Sie haben ja noch ein bisschen Zeit bis zu Ihrem nächsten Termin. Den Kommissaren hab ich schon Bescheid gesagt, dass sie heute nicht mehr kommen brauchen.« Die Oberschwester schüttelte mit fassungsloser Miene den Kopf. »Das arme Mädchen! Jetzt muss sie schon wieder unters Messer!«

Nein! Ich darf sie nicht noch einmal verlieren!

Samuel schluckte gegen den Kloß an, der ihm mit eiserner Härte die Kehle zudrückte. »Ich ...« Er musste sich räuspern, damit die Stimme überhaupt zu hören war. »Ich habe um Hilfe gerufen, als es ihr plötzlich schlecht ging.« Er deutete auf die große Digitalanzeige über der Tür, die kardiale Notfälle üblicherweise sofort meldete. »Ist hier nicht auch der Alarm losgegangen?«

Edith runzelte die Stirn. »Nein, jetzt wo Sie fragen ... da muss ich gleich jemandem von der IT Bescheid geben.« Sie wandte sich ab und watschelte zum Telefon.

Aber ehe sie die Durchwahl eintippen konnte, fiel Samuel noch eine andere Frage ein: »Wer ist eigentlich der Neue?«

Sie drehte sich wieder zu ihm um. »Welcher Neue?«

»Der Pfleger. Groß, breitschultrig, Glatze, Tattoos überall.«

»Ach, Mike!« Ediths Miene sprach Bände. Sie schien ebenfalls reichlich wenig von dem Kerl zu halten. »Den hat die Zeitarbeitsfirma geschickt. Aber, wenn Sie mich fragen, der macht das hier nicht lange. Etwas übereifrig, finden Sie nicht?«

Samuel öffnete den Mund – aber er kam nicht mehr dazu, zu antworten.

»Was zum Teufel haben Sie mit meiner Patientin gemacht?!« Doktor Krause stürmte wutentbrannt auf ihn zu.

35

»Was haben Sie ihr gegeben, Holler?!« Das Gesicht unter der blonden Tolle war krebsrot, und Samuel rechnete fast damit, dass ihn sein Gegenüber jeden Moment am Kragen packte. »Sagen Sie es mir!«

Oberschwester Edith watschelte mit erschrockener Miene ein paar Schritte rückwärts, blieb aber im Raum.

»Nichts!« Samuel stand vom Stuhl auf, um mit Krause auf Augenhöhe zu sein, aber seine Stimme zitterte. »Was ist denn überhaupt los? Wie geht es ihr?«

Ich darf sie nicht noch einmal verlieren!

Er rechnete mit dem Schlimmsten.

Der Schachtelteufel grinste hämisch und machte sich sprungbereit.

»Wir konnten die Patientin gerade noch stabilisieren und OP-bereit machen!«, brüllte Krause weiter. »Und *Sie* sagen mir jetzt, was Sie ihr verabreicht haben! Ich schwöre bei Gott, Holler, sonst kommt Sie das teuer zu stehen!«

Sie lebt!

Samuel atmete erleichtert auf. Gleichzeitig machte sich Verwirrung in seinem Inneren breit. »Wie kommen Sie darauf, dass ihr etwas verabreicht wurde? Sagten Sie nicht, eine der OP-Nähte sei aufgeplatzt?«

Der Arzt riss die Augen auf, sah plötzlich nicht mehr wütend, sondern ernstlich besorgt aus. »Sie blutet wie verrückt! Das Mädchen muss über mehrere Stunden hinweg eine hohe Dosis Gerinnungshemmer erhalten haben!«

»Aber ... wie ...?«

Das Telefon läutete.

Oberschwester Edith wandte sich sichtlich genervt ab, watschelte zum Apparat, sah aufs Display und hob ab. »Ah, Werner, du bist's!« Offenbar handelte es sich um ein internes Gespräch.

Krause senkte die Stimme, behielt den bedrohlichen Tonfall aber bei. »Jedes Mal, wenn Sie meiner Patientin nahekommen, passiert etwas!«

»Aber«, zischte Samuel zurück, »ich will doch nur –«

»Die Chirurgen tun ihr Möglichstes«, fuhr der Arzt fort, als habe er den Einwand überhaupt nicht gehört, »um ihr – noch einmal – das Leben zu retten! Aber das wird ganz sicher keine leichte Aufgabe! Die Chancen sind aufgrund ihres aktuellen Zustands äußerst gering! Wenn Sie also helfen wollen«, ging er schließlich doch noch darauf ein, »dann sagen Sie mir, wie Sie das bewerkstelligt haben!«

Samuels Herz raste. Er spürte ein Stechen in der Brust und bekam kaum noch Luft. »Ich ... ich habe ihr ... nichts gegeben«, presste er hervor. »Ich könnte ihr doch ... nie wehtun! Ich bin ihr Vater!«

Krause stierte ihn ungläubig an. »Sie glauben immer noch, dass es sich bei der Patientin um Ihre verstorbene Tochter handelt?! Das ist doch ... verrückt!« Trotzdem schien ihn die Information ein wenig milder zu stimmen. Er atmete tief durch und setzte ein beinahe mitleidiges

Lächeln auf. »Hören Sie, Holler, ich verstehe ja, dass Sie viel durchgemacht haben … Aber ich selbst habe Ihre Tochter für tot erklärt. Da gab's kein Vertun. Das Ausmaß der Verletzungen war einfach zu groß. Wir konnten Mia nicht retten.«

Er lügt!

Dessen war sich Samuel sicher. Und das nicht nur, weil er seiner Tochter noch vor nicht einmal einer Stunde die Hand gehalten hatte. Sondern auch, weil Krause ein entscheidender Fehler unterlaufen war. Er musste in die ganze Sache verstrickt sein, irgendwie. Weshalb sollte sich der Arzt sonst noch fünfeinhalb Jahre später an Mias Namen erinnern?

Samuel setzte ein neutrales Gesicht auf, bemühte sich darum, sich nichts anmerken zu lassen. »Ich weiß. Entschuldigung. Ich hab wohl nur —«

Krause lehnte sich ein Stück nach vorn, rümpfte die Nase und schnüffelte hörbar. »Ich weiß ganz genau, was Sie haben …« Der Tonfall wurde mit einem Mal wieder drohend. »Und sollten sich dadurch weitere Komplikationen ergeben, dann sehe ich mich wirklich gezwungen, die Sache der Klinikleitung zu melden.«

»Alles klar. Bis dann.« Die Oberschwester beendete das Telefonat und wandte sich wieder den beiden zu.

Sofort trat Krause einen Schritt zurück. »Wenn Sie der Patientin nichts verabreicht haben, Herr Holler«, sagte er in normaler Lautstärke und mit gerunzelter Stirn, »dann muss dem Pflegepersonal ein gewaltiger Fehler unterlaufen sein.«

»Jetzt sind *wir* wieder an allem schuld«, empörte sich Edith, und der graue Dutt wackelte hin und her, während sie heftig den Kopf schüttelte. »Dabei fehlt's doch an allen Ecken und Enden! Es bleibt ja kaum Zeit für eine anständige Patientenversorgung! Wir sind doch auch nur Menschen, Herr Doktor Krause! Trotzdem machen wir ständig noch mehr Überstunden, weil viel zu wenig Leute da sind!«

Weshalb Zeitarbeiter ins Haus geholt werden, schoss es Samuel durch den Kopf, *wie dieser merkwürdige Mike!*

Krause machte ein bedröppeltes Gesicht, fing sich aber rasch wieder. »Jetzt sehen wir erst einmal alle zu, dass wir unsere Arbeit machen und hoffen, dass die Patientin überlebt. Vom Ausgang der Operation hängen wohl auch die Konsequenzen ab, die der- oder diejenige wird tragen müssen.«

»Das war auf keinen Fall unsere Schuld«, ereiferte sich die Oberschwester. »Für mein Team lege ich die Hand ins Feuer!«

Aber Krause hatte sich längst wieder Samuel zugewandt. »Es versteht sich von selbst, dass heute weder eine polizeiliche Befragung, noch ein ...«, er zögerte, »... irgendwie gearteter Therapieversuch oder dergleichen infrage kommen. Wir werden sehen, wie es der Patientin morgen geht ... *sollte* sie die Operation überstehen.«

Samuel kämpfte verbissen um eine professionelle Miene, obwohl ihm ein Kloß die Kehle zudrückte und die Sicht ein wenig verschwamm.

Sie darf und sie wird nicht sterben!

»Gut.« Krause nickte zufrieden, machte auf dem Absatz kehrt und eilte aus dem Dienstzimmer.

»Das war auf keinen Fall unsere Schuld«, wiederholte Edith, nun an Samuel gewandt.

Er schenkte ihr den halbherzigen Versuch eines aufmunternden Lächelns, blieb aber stumm. Es juckte ihm in den Fingern, hier und jetzt zum Telefon zu greifen, um Petrowski und Ahrens von den heutigen Vorfällen und seinem Verdacht zu berichten. Aber mit der alten Klatschbase im Genick war Diskretion wohl kaum möglich.

»Ach, und ...«, sagte die Oberschwester, »der Werner Müller aus der IT kümmert sich um das kaputte EKG.«

Samuel nickte nur. Er glaubte nicht an einen Defekt. *Das wäre schon ein verdammt großer Zufall ...*

Er verabschiedete sich mit einem knappen »Dann bis später!«, eilte aus dem Dienstzimmer und, einige Minuten und eine Aufzugfahrt später, ohne zu klopfen in Norberts Büro hinein.

Sein Schwiegervater war nicht da, was Samuel zwar für den Anruf bei den Kommissaren gelegen kam, ihm aber andererseits auch ein ungutes Gefühl bescherte, was die DNA-Proben anging. Sollte er die nun einfach auf dem Schreibtisch zurücklassen?

Wir brechen damit das Gesetz.

Nein, das war keine Option. Kurzerhand trat Samuel hinter den Schreibtisch und zog die oberste Schublade auf, in der sich Kugelschreiber, Notizblöcke und allerlei sonstiger Bürobedarf befanden. Er holte die beiden Plastikröhrchen aus der Jackentasche hervor, legte das mit dem benutzten Wattebausch auf den Kram, nahm mithilfe des zweiten Test-Kits eine eigene Speichelprobe und packte sie dazu. Er dachte darüber nach, eine kurze Notiz zu hinterlassen, entschied sich aber dagegen.

Zu auffällig, falls doch jemand anders reinschaut.

Er schloss die Schublade und ging zurück auf die andere Seite des Schreibtischs, ehe er das Handy aus der Jackentasche zog.

Nachdem er Whatsapp geöffnet hatte, registrierte er mit Unmut, dass seine Nachricht an Nadine nach wie vor nicht zugestellt worden war, wandte sich aber rasch wieder wichtigeren Dingen zu: Er tippte einen Text an Norbert, indem er ihn darüber informierte, wo die »benötigten Dinge« zu finden waren.

Anschließend öffnete er die Telefon-App, sprang zum Reiter für die Nummerneingabe, holte die Visitenkarte hervor, die Petrowski ihm gegeben hatte, und wählte.

Die Kommissarin meldete sich beim zweiten Tuten, und Samuel nahm sich nicht die Zeit für Begrüßungsfloskeln: »Hören Sie, die Patientin ist wirklich meine Tochter, und sie —«

»Herr Holler?«

»Ja, ja, Samuel Holler hier«, schnauzte er ins Handy. »Sie müssen herkommen! Mia wurde vergiftet!«

»Wie bitte?!«

»Sie hat eine Überdosis Blutverdünner bekommen!« In hastigen Worten schilderte er Petrowski, was vorgefallen war und weshalb er sowohl Krause als auch den ominösen Mike im Verdacht hatte. »Ich weiß, das alles klingt völlig verrückt, aber es ist wahr! Bitte, Sie müssen mir glauben!«

Für einen Moment herrschte Schweigen am anderen Ende der Leitung. Dann sagte die Kommissarin: »Wir werden der Sache nachgehen.«

»Danke!« Samuel verabschiedete sich und legte auf.

Er steckte das Handy zurück in die Tasche – und stellte fest, dass es jetzt nichts mehr zu tun gab als abzuwarten. Zu hoffen und zu bangen. Mit einem Mal überfiel ihn eine bleierne Schwere.

Es wird sich alles aufklären, versuchte er sich selbst zu beruhigen und schwor sich, Mia nicht mehr aus den Augen zu lassen, sobald sie die Operation überstanden hatte und auf die Station zurückkehrte.

Falls, flüsterte der Schachtelteufel. *Falls sie überlebt.*

36

Ich wache auf und blinzle. Der Himmel ist blau, es ist Tag. Aber nicht Morgen, es ist später, weil ich die Sonne nicht im Viereck sehen kann.

Ich drehe den Kopf. Maggie liegt neben mir, und ich muss ja auf sie aufpassen. Aber sie schläft ganz tief, sie wimmert nicht. Ich rutsche langsam weg, damit sie nicht aufwacht – und merke, dass ich wieder mein Nachthemd an hab. Die Matratze unterm Po ist jetzt sauber. Da ist kein Blut mehr und auch kein Fleck. Sie ist auch nicht grau-gelb von meiner Schwitze, sondern weiß, und an der Ecke steht was drauf. Ich versuche zu lesen, aber es klappt nicht, weil meine Augen ganz schwimmig sind.

War das mit Papa vielleicht nur ein böser Traum?

Nein, es war echt! Das spüre ich zwischen den Beinen. Papa hat mir wehgetan, obwohl er nicht soll. Er ist doch mein Papa, und Papas müssen lieb sein!

Jetzt wimmert Maggie doch, obwohl sie noch schläft. Ich glaube, *sie* hat einen bösen Traum. Ich streichle ihren Kopf, und sie wird leiser. Bestimmt weiß sie jetzt, sie ist nicht allein.

Ich passe auf, dass ich nicht weine. Aber ich will, dass Papa wieder mit mir Prinzessin und König spielt! Oder meinen Kopf streichelt, wenn ich vorlese und es richtig mache. Ich will, dass Papa ist wie sonst!

Vielleicht, denke ich, war er nur böse, weil ich was falsch gemacht hab. Vielleicht wird er wieder lieb, wenn ich ganz brav bin.

Ich glaube, das ist gar nicht meine Matratze, und ich freue mich, weil ja sonst nie was anders ist. Vielleicht, denke ich, ist Mama zurückgekommen. Vielleicht hat Papa sie doch nicht ›tot‹ gemacht.

Von oben kommt ein Geräusch, und ich gucke hin. Es summt im Himmelsviereck, und ich freu mich, weil unten am Fenster jetzt ein Käfer ist, ein ganz großer. Das ist mein Lieblingstier, weil es das wirklich gibt. Der Käfer ist schwarz und – Oh! Er ist ja falschrum!

Er strampelt mit den Füßen in der Luft, obwohl das gar nichts bringt. Das passiert manchmal, und ich werde dann immer ganz traurig und muss wegschauen. Aber das hilft nicht, weil ich ja jetzt weiß, dass der Käfer da ist. Und weil er summt und summt und summt.

Ich krabble ganz langsam von der Matratze, damit Maggie nicht aufwacht. Sie wimmert kurz, aber dann ist sie still.

Mein Bauch tut unten weh beim Krabbeln – da fällt mir ein, ich war gar nicht im Bad. Sonst holt mich Mama doch, wenn Morgen ist. Dann darf ich aufs Klo und mich waschen. Aber sie war nicht da.

Ich versuche im Haus was zu hören. Aber unten ist es ganz still. Ich *muss* doch Pipi machen! Nur, wenn ich jetzt in mein Zimmer mache, dann wird Papa bestimmt nicht sagen, dass ich ein braves Mädchen bin.

Ich überlege, aber es hilft nichts. Also stehe ich auf die Füße und gehe von der Matratze weg, soweit es geht, weil es bestimmt stinkt. Ich ziehe die Unterhose runter, die hat auch keinen Fleck mehr, und ich mache Pipi. Es tut weh, aber auch gut. Alles auf einmal, ich bin ganz verwirrt.

Meine Augen werden schon wieder schwimmig, und ich bin immer noch müde. Ich gehe zur Matratze zurück.

Maggie weint, und ich lege mich zu ihr. Weil ich doch brav sein soll, und jetzt eine Mama bin.

Bevor meine Augen zugehn, sehe ich, dass neben der Bodenklappe ein neues Butterbrot und eine neue Flasche sind, so wie jeden Tag.

Aber das Wasser sieht ganz komisch aus.

37

Die bange Zeit des Wartens verbrachte Samuel damit, sich in Arbeit zu stürzen. Er sprach mit Kranken und Sterbenden, betonte wieder und wieder mit demselben aufgesetzten Lächeln, dass der Tod eine Erlösung war. Er unterhielt sich mit einer jungen Frau, deren Suizid die Ärzte durch eine Magenspülung verhindert hatten, – und hasste sie im Stillen dafür, dass sie das Leben nicht zu schätzen wusste, das ihr geschenkt worden war.

Jedes Mal, wenn er zwischendurch ins Dienstzimmer ging, um sich bei der Oberschwester nach dem Stand der Dinge zu erkundigen, zuckte die nur die Achseln und schüttelte bedauernd den Kopf.

Keine Nachrichten sind gute Nachrichten, beteuerte sich Samuel immer wieder. *Es bedeutet, dass Mia noch lebt.*

Aber mit jeder Stunde, die verstrich, verließen ihn immer mehr Hoffnung, Kraft und Mut.

Es war bereits Abend, und es gab wieder nichts Neues – »Nein, Herr Holler. Tut mir leid.«

Auch die Kommissare waren nicht im Stationsflur aufgetaucht. Allerdings schienen Krause und der Hüne seit einer ganzen Weile verschwunden. Vielleicht hatte Samuel die Ankunft von Petrowski und Ahrens also nur verpasst.

Es wird alles gut, sagte er sich, während er stumm an Edith vorbeiging, eine Tasse mit Kaffee vollgoss und sich auf einen Stuhl am Gemeinschaftstisch fallen ließ. *Es wird sich aufklären.*

Die Oberschwester wandte sich, ebenfalls ohne jeden weiteren Kommentar, wieder der vorherigen Tätigkeit am Computer zu.

Einige Minuten saß Samuel schweigend da, lauschte dem Klackern der Tastatur, trank das bereits etwas dickliche Gebräu, obwohl ihm davon übel wurde, und stellte sich vor, wie das arrogante Arschloch Krause in einem stickigen und düsteren Verhörraum saß und Rechenschaft ablegen musste. Und auch Mike, in der Fantasie gefangen in einem zweiten, gleichsam ungemütlichen Zimmer, wirkte trotz seiner aufgepumpten Statur plötzlich schmächtig, ganz klein.

Es wird alles gut. Wenn Mia nur erst wieder gesund ist, können wir beide eine Familie sein.

Falls, flüsterte der Schachtelteufel ein weiteres Mal und grinste breit.

Samuel räusperte sich lautstark, und das Klackern stoppte. Edith blickte überrascht auf.

»Haben Sie die zwei Kommissare heute noch mal hier gesehen?«, fragte er, um zumindest diese eine Sorge los zu sein.

Der graue Dutt wippte auf und ab. »Ja, die waren hier und wollten mit Doktor Krause sprechen. Haben Sie sie nicht gesehen?«

Samuel atmete erleichtert auf. »Wann war das?«

»Keine Ahnung.« Die Oberschwester schien kurz zu überlegen, dann zuckte sie die Achseln. »Hier ist so viel los, da verliert man den Überblick. Mit Mike wollten die zwei auch reden, aber der ist nach der Mittagspause erst gar nicht mehr hier aufgetaucht.« Sie verzog den Mund zu einem verschmitzten Lächeln. »Typisch Zeitarbeiter! Ich hab Ihnen ja gesagt, der macht das nicht lange, und er —« Sie brach ab, und mit einem Mal veränderte sich ihre Miene. »Sie glauben doch nicht, Herr Holler, dass er etwas mit der falschen Medikation der kleinen Jane zu tun hat?!«

»Es ist nicht auszuschließen«, hielt sich Samuel vage.

Er suchte nach einer Spur von Entsetzen in Ediths Gesicht, sah aber nichts als Neugier und Erleichterung – letztere sicherlich deshalb, weil in diesem Fall niemand aus dem Stammteam die Schuld an den Komplikationen trug.

»Ich wusste es«, sagte sie prompt und hieb triumphierend mit der Faust in die Luft. »Wir sind alle überarbeitet, aber für meine Leute lege ich trotzdem guten Gewissens die Hand ins Feuer.«

Er lächelte, obwohl ihm nicht danach zumute war. Dass Mike getürmt war, bereitete ihm Bauchschmerzen. Er beruhigte sich mit dem Gedanken, dass die Kommissare ihn bestimmt trotzdem schnell ausfindig machen konnten. Aber da war ja auch noch ...

»Was ist mit Krause?«

Edith hob die Augenbrauen. »*Doktor* Krause hat mich nach seinem Gespräch mit den Kommissaren telefonisch darüber informiert, dass es einen Todesfall in der Familie gab und er sich den Nachmittag freinehmen muss.

Das war ein ganz schönes Durcheinander, sag ich Ihnen, weil ich ja eine Vertretung –«

Samuel blendete ihre Stimme aus. Über all die Stunden hatte er die Jacke anbehalten, weil er vor lauter Angst und Erschöpfung die ganze Zeit fror. Jetzt war ihm darin mit einem Schlag siedend heiß. Trotzdem rührte er sich nicht.

Hatten Petrowski und Ahrens Krause laufenlassen? Oder schob der Arzt nur eine Ausrede vor, damit in der Klinik niemand mitbekam, dass er verhaftet worden war? Beides war wohl denkbar. Aber eines davon war überhaupt nicht gut … Samuel wurde speiübel.

»– noch einen Kaffee?«, hörte er die Oberschwester fragen und stellte überrascht fest, dass sie nun mit der Kanne direkt vor ihm stand.

Er machte eine unwirsche Geste.

Sie zuckte die Achseln, goss nur sich selbst nach und watschelte mit wabbelndem Hinterteil zum Schreibtisch zurück. »Na, dann eben nicht.«

Vielleicht hätte ich Petrowski sagen sollen, dass sie sich melden soll, wenn …

Obwohl er im tiefsten Inneren wusste, dass Polizeiarbeit so nicht funktionierte, zog Samuel mit zitternden Händen das Smartphone hervor und hoffte – vergeblich.

Kein verpasster Anruf.

Dafür aber eine Whatsapp-Nachricht von Norbert, die ein Daumen-hoch-Emoji zeigte.

Ich wusste es! Sie ist meine Tochter!

Vor Erleichterung wurde Samuel etwas schwindlig. Gleichzeitig schossen ihm Tränen in die Augen.

38

Von Edith unbemerkt, wischte sich Samuel die Augen trocken. Sein Brustkorb fühlte sich an, als sei eine riesige Last von ihm abgefallen. Endlich hatte die Scharade ein Ende. Er konnte wieder etwas freier atmen.

Alles wird gut!

Er blickte wieder aufs Handy, öffnete die Whatsapp-Startseite, wo alle Chats gelistet waren, und stellte fest, dass seine Nachricht an Nadine inzwischen zugestellt worden war. Er tippte auf den Eintrag und gelangte so zum gesamten digitalen Gesprächsverlauf.

Mehrere Sekunden lang schwebte Samuels Daumen über dem kleinen Telefonhörer-Icon, oben rechts im Display. Er wollte seine Ehefrau anrufen, ihr mitteilen, dass er nicht verrückt, und die Patientin tatsächlich Mia war. Aber der Schachtelteufel hielt ihn auf.

Was, wenn Mia die OP nicht überlebt?

Samuel schluckte. Er entschied, dass es besser war, noch abzuwarten. Bis Mia auf die Station zurückgekehrt war. Oder vielleicht sogar, bis er Norbert getroffen hatte und das Test-Ergebnis schwarz auf weiß in Händen hielt – insofern es einen offiziellen Ausdruck gab.

So oder so: Er würde es Nadine persönlich sagen. Er wollte ihr dabei in die Augen sehen.

Samuel sperrte den Bildschirm und steckte das Handy gerade wieder in die Jackentasche zurück, als das Telefon im Dienstzimmer klingelte. Er hörte, wie Edith abhob und sich meldete: »Ja?« Offenbar ein internes Gespräch. Er hob den Blick, sah der Oberschwester ins Gesicht und –

Sie strahlte. »Das sind ja wunderbare Neuigkeiten! Vielen Dank!«

Er wagte noch nicht zu hoffen. Vielleicht ging es ja um einen anderen Fall.

»Tschüss.« Edith legte den Hörer weg – und lächelte Samuel an. »Die kleine Jane ist aufgewacht und stabil. Sie wird wieder hierher verlegt.«

Die Erleichterung, die ihn durchflutete, machte ihn sprachlos. Er sprang auf, hastete in den Flur.

Mia lebt! Jetzt wird alles gut!

Ungeduldig trat er mehrere Minuten lang von einem Bein aufs andere, beobachtete die übliche Klinik-Routine, den emsigen Bienenstock. Dann – *endlich* – öffnete sich die Fahrstuhltür, und zwei Pfleger schoben Mia im Bett auf ihn zu. Etwa auf halber Höhe trat Doktor Senn, den Edith offenbar als Vertretung für Krause hatte gewinnen können, aus einem Krankenzimmer heraus, wartete, bis der kleine Trupp an ihm vorbeigezogen war und folgte ihm anschließend.

Samuel atmete ein weiteres Mal erleichtert auf. Er mochte und schätzte den Mittfünfziger, der eigentlich auf einer anderen Station arbeitete, aber hier hin und wieder einsprang. Weil Senn nicht nur ein kompetenter Arzt war, sondern auch ein empathischer Mensch.

Bei ihm ist Mia gut aufgehoben.

Deren Anblick allerdings bereitete Samuel Sorge. Sie war – obwohl das beinahe unmöglich schien – noch blasser als am Morgen. Statt einer Infusionslösung troff jetzt Blut aus dem Beutel, der notdürftig an den Galgen über dem Bett gehängt war, in den Schlauch und in die Vene am Handrücken hinein. Zudem wirkte Mia keinesfalls so wach, wie Samuel irrationalerweise angenommen hatte.

Natürlich ist sie schläfrig! Sie hat eine mehrstündige OP hinter sich!

Er trat ein Stück beiseite, damit die beiden Pfleger das Bett durch die geöffnete Tür rangieren konnten, wartete, bis Doktor Senn ins Krankenzimmer getreten war, und schlüpfte anschließend ebenfalls hinein.

»Herr Holler«, hörte er Oberschwester Edith sagen, »Doktor Krause hat doch gesagt, Sie sollen nicht –«

Er blendete ihr Gemaule aus.

»Vielen Dank«, sagte Senn gerade zu den Pflegern, die hastig die Bremsen des Bettes einrasten ließen, EKG-Sonden auf Mias Brust unter dem OP-Hemd klebten und den Transfusionsbeutel an den dafür vorgesehenen Metallständer hängten.

»Brauchen Sie sonst noch etwas?«, fragte einer.

»Im Moment nicht. Danke.« Senn lächelte, und die zwei Pfleger hasteten an Samuel vorbei und aus der Tür.

»Ach! Herr Holler!« Erst jetzt schien der Arzt ihn zu bemerken. »Für ein postoperatives Gespräch zur psychologischen Nachsorge ist es noch deutlich zu früh.«

»Ich weiß«, beeilte sich Samuel zu sagen, während er auf das Bett zuging. »Ich bin ihr Vater.«

»Oh!« Senns Blick irrte ein Stück nach unten, dann wieder zurück. »Das wusste ich nicht, Verzeihung. Ich dachte, Sie wären im Dienst.«

»Schon in Ordnung.« Samuel war erleichtert, dass der Mediziner seine Vorgeschichte nicht kannte und deshalb keinerlei weitere Fragen stellte. Er wandte sich Mia zu. »Wie geht es ihr?«

Der bandagierte Kopf war tief ins Kissen gesunken, bewegte sich aber ein ganz klein wenig hin und her. Die Augen waren geschlossen, der Mund leicht geöffnet. Der Brustkorb unter dem OP-Hemd hob und senkte sich in gleichmäßigen Zügen.

»Den Umständen entsprechend, würde ich meinen«, erklärte Senn in mitfühlendem Tonfall. »Aber ich hatte leider noch keine Gelegenheit, mir die Akte anzusehen. Sie braucht in jedem Fall erst einmal viel Ruhe. Als ihr Vater dürfen Sie natürlich noch einen Moment bleiben. Aber dann muss ich Sie leider bitten zu gehen.«

Samuel nickte, obwohl ihm die Vorstellung, je wieder von Mias Seite zu weichen, widerstrebte. Er wollte bei ihr und für sie da sein. Aber ihm war natürlich bewusst, dass der Arzt recht hatte. Und dass er ohnehin nicht bis in den späten Abend hinein bleiben oder gar hier schlafen durfte. Das hier war schließlich nicht die Kinderstation.

»Ich passe gut auf sie auf«, versprach Senn, als wisse er um seine Gedanken, »und die Kollegen im Nachtdienst mit Sicherheit auch.«

Samuel atmete tief durch und schenkte dem Mann ein Lächeln. »Danke. Ich weiß, dass sie bei Ihnen in guten Händen ist.«

Senn freute sich sichtlich. »Dann lasse ich Sie beide mal allein.« Er wandte sich ab und verließ das Krankenzimmer. »Aber, bitte, wirklich nur ein paar Minuten«, fügte er hinzu, ehe er die Tür hinter sich ins Schloss zog.

Samuel kniff die Lippen zusammen und betrachtete wieder Mia, die jetzt noch zerbrechlicher wirkte als je zuvor. Er ergriff ihre Finger und drückte sie sanft. Wenn sie auch schlief, sollte sie trotzdem wissen, dass sie nicht allein war.

»Papa ...« Die Augenlider flatterten.

»Ich bin hier! Es wird alles gut.«

Mia bewegte den Kopf, schien Samuel anzusehen – und gleichzeitig durch ihn hindurch.

Er wusste nicht, ob sie ihn wirklich wahrnahm, aber er wollte fest daran glauben. »Schhhh. Alles ist gut.«

»Hannah«, stöhnte Mia im Delirium. »Sie ist ... noch im Dach!«

Samuel wurde wieder flau im Magen, aber er behielt den beruhigenden Tonfall dennoch bei: »Die Kommissare werden sie finden.«

Sein Versprechen schloss *beide* Mädchen ein.

»Es ... es ist ein Kreis.«

»Schhhh. Du musst schlafen.«

Die Lider flatterten hektischer. »Papa sagt ... Liebe ...«

Samuel setzte zu einem neuerlichen »Schhhhh« an, wollte Mia versichern, dass ihr Papa sie liebte – aber sie sprach bereits weiter: »... die nicht ... Wahnsinn ist ...«

... ist keine Liebe, vollendete er den Satz in Gedanken – und zuckte erschrocken zurück. Wieder und wieder hatte er in den vergangenen zwei Tagen an dieses Zitat gedacht. Aber wie konnte Mia davon wissen?

Die tiefblauen Augen fielen zu. Mia schien wieder einzuschlafen.

Samuel machte ein paar Schritte rückwärts. In seinem Hirn tobte ein Chaos. »Was ist mit dir passiert?!«, sagte er, leise und eigentlich nur zu sich selbst. »Wo bist du nur die ganze Zeit gewesen?«

»Zuhause«, flüsterte Mia kaum hörbar. »Da, wo ich immer war.«

39

Ich bin aufgewacht und hab das Pipi gleich ein bisschen mit der Hand in den Boden gewischt, aber man riecht es immer noch – sogar hier in der Burg.

Papa wird bestimmt böse, wenn er es merkt, weil ich kein braves Mädchen war. Aber ich weiß ja gar nicht, ob er heute kommt.

Es riecht, weil noch der gleiche Tag ist. Vielleicht geht es bis morgen ja weg.

Maggie schnupft, und ich gucke zu ihr. Sie liegt mit dem Feenbuch vor Ferdis Stall.

Gerade waren wir reiten. Das hat Mama gesagt, als sie noch da war, und sie hatte ja recht, zu zweit ist es erst so richtig toll. Meine Augen werden schwimmig, weil ich an sie denken muss. Also zeige ich Maggie, wie man sich mit Staub was wünscht.

Sie gluckst, aber dann muss sie husten.

»Schhhh«, mache ich, aber sie hört nicht auf.

Ich krabble schnell aus der Burg und hole die Flasche und den Teller, damit sie was trinken und dann vielleicht auch essen kann. Mein Mund ist ja selber ganz pappig, und der Bauch brummt.

Maggie hustet weiter.

Ich stelle den Teller weg und gebe ihr Wasser. Gleich in den Mund, weil sie die Flasche nicht halten kann. Es läuft ein bisschen übers Kinn, weil sie ja noch ein kleines Mädchen ist, und die sabbern. Aber es hilft, sie hustet nicht mehr.

Ich denke: Das Wasser sieht immer noch komisch aus.

Eigentlich will ich nicht trinken. Auch weil ich dann vielleicht noch mal Pipi machen muss. Aber ich muss doch was trinken! Also nehme ich doch einen kleinen Schluck. Es schmeckt komisch, aber es hilft gegen den pappigen Mund.

Ich lege mich neben Maggie auf den Boden in der Burg und gucke mit ihr die Bilder im Feenbuch an.

Sie schläft ein, und ich bin auf einmal auch müde.

Aber von draußen kommt ein Geräusch.

Papa kommt, das höre ich genau.

Mein Arm ist ganz schwer, aber ich drücke die Hand auf Maggies Mund und die Nase, damit sie im Schlaf nicht weint.

Papa soll denken, wir sind ganz brave Mädchen.

Vielleicht merkt er nicht, dass mein Pipi riecht, denke ich noch, sonst gibt's viel Ärger.

Dann gehen meine Augen zu. Von ganz allein.

40

Samuel riss das Steuer herum, trat kurz darauf auf die Bremse. Der Audi schoss schräg in die Einfahrt und stoppte eine Armeslänge von der Hauswand entfernt.

Zuhause, hallte Mias Flüstern in Samuels Kopf nach. *Da, wo ich immer war.*

Er schaltete den Motor aus, zog den Schlüssel aus dem Zündschloss, sprang aus dem Wagen und knallte die Tür hinter sich zu. Inzwischen hatten sich die Wolken über Berlin verdunkelt. Es windete stark, aber regnete nicht.

Das ergibt doch alles überhaupt keinen Sinn! Es konnte doch unmöglich sein, dass Mia jahrelang hier versteckt gehalten worden war, ohne dass Samuel etwas davon bemerkt hatte! *Und dann sind da ja noch zwei andere Mädchen ...*

Trotzdem kam er nicht gegen die blinde Panik an. Im Gegenteil: Er verspürte mit einem Mal das bedrückende Gefühl, genau am richtigen Ort zu sein. Hier hatte alles angefangen. Mit einem Unfall, der offenbar gar keiner gewesen war.

Das klingt genauso unmöglich ... aber es stimmt!

Samuel rannte los, verschaffte sich Zugang zum Haus, hastete hinein und, immer zwei Stufen auf einmal nehmend, die Treppe hinauf.

Hannah ... Sie ist noch im Dach!

Er erreichte das Obergeschoss, eilte an Mias früherem Zimmer vorbei, streckte den Arm aus und packte das geknotete Ende der Schnur, die in der Mitte des Flurs von der Decke baumelte. Er zog, und die Klappe mit der eingebauten Leiter sank herab.

Das erste, was ihm auffiel, noch bevor er die Sprossen erklomm, war der Gestank. Es roch modrig und faulig, nach abgestandener Luft und nach Exkrementen. Ganz so, als habe oben ein Tier gehaust und sei dort schließlich verendet. Ein Marder vielleicht. Oder gleich eine ganze Rattensippe.

Samuel wurde übel. Trotzdem stieg er dem widerwärtigen Muff entgegen, bis die Sneakers etwa auf halber Höhe der Leiter standen, streckte Kopf und Schultern durch das Loch – und blinzelte ins Halbdunkel.

»Hannah?« Er kam sich albern vor. Hier war nichts weiter als alter, dick eingestaubter Krempel.

In einer Ecke lagen die Überreste von Mias ehemaligem Kinderbett, dem sie mit sechs entwachsen war. In einer anderen standen aufeinandergestapelte Umzugskartons. Eine der Kisten war umgekippt, und es ragten ein paar Bücher daraus hervor.

»Hannah?«

Bis auf den Wind, der draußen um die Schindeln fegte, hörte Samuel nichts.

Natürlich nicht.

Er spürte, wie sich sein Puls verlangsamte, und auch die Atemfrequenz normalisierte sich.

Das ist doch alles lächerlich!

Er hatte sich von Mias Gebrabbel vollkommen aus dem Konzept bringen lassen. Dabei war sie im Delirium gewesen, bis zum Anschlag mit Medikamenten vollgepumpt und noch dazu schwer traumatisiert. Gerade er hätte doch wissen müssen, dass man einem Menschen in solch einem desaströsem Zustand keinen Glauben schenken durfte! Stattdessen war er wie ein Irrer hierher gerast und –

Liebe, die nicht Wahnsinn ist, ist keine Liebe.

Er runzelte die Stirn. Woher kannte Mia den Satz, den er jahrelang als innerliche Rechtfertigung für seine Affäre mit Sarah benutzt hatte? Hatte sie ihn vor ihrer Entführung bei ihm aufgeschnappt?

Ja!

Samuel konnte sich nicht erinnern, das Zitat je laut ausgesprochen zu haben, mochte sich aber irren.

Doch, so muss es sein!

Er atmete tief durch die Nase ein, damit sich die strapazierten Nerven beruhigen konnten – was allerdings zur Folge hatte, dass er wegen des Gestanks würgen musste. Zeitgleich packte ihn ein leichtes Schwindelgefühl. Er umklammerte die Leiter noch fester und schnaufte langsam durch den Mund.

Als der Reiz überwunden war, machte sich Samuel daran, die Sprossen hinabzusteigen, hielt aber bereits nach dem ersten Tritt wieder inne und legte den Kopf ein wenig schief.

Er meinte, durch das Rauschen des Winds hindurch ein leises Quieken gehört zu haben.

Mäuse?

Welches Ungeziefer auch immer im Gebälk steckte, es war noch am Leben.

Samuel löste die rechte Hand von der Strebe, zog das Handy aus der Jacke und schaltete die Taschenlampenfunktion ein. Der schwache Lichtstrahl glitt über die Kartons, kurz darauf über Mias alte Matratze, erfasste aber kein Getier. Auch Kot konnte Samuel auf den ersten Blick nicht ausmachen. Er entschied, dennoch bald einen Kammerjäger zu bestellen.

Sicher ist sicher.

Er wollte die Smartphone-Lampe gerade wieder ausschalten, da entdeckte er plötzlich doch etwas, das nicht ins Bild passte: Auf den hölzernen Dielen waren vereinzelt Fußspuren im Staub.

Du bist nicht allein, kam Samuel Sarahs gestrige Nachricht wieder in den Sinn.

Er schauderte, geriet, nur mit einer Hand am Halt, ein wenig aus der Balance, wankte – und gewann gerade noch die Kontrolle über seinen Körper zurück, ehe er von der Leiter stürzen konnte. Er schaffte es sogar, das Handy festzuhalten. Sein Puls raste.

»Hannah?!«

Keine Antwort. Im Dachboden war es totenstill.

Dafür schien draußen der Wind noch an Dynamik zugelegt zu haben.

Samuel lenkte den mickrigen Lichtstrahl auf die Abdrücke zurück. Sie waren zu groß für eine Achtjährige, konnten aber durchaus zu einem Teenager passen.

Hannah ..., hallte Mias Stöhnen durch Samuels Kopf. *Sie ist im Dach! Da ... hab ich auch gewohnt, aber dann ... hab ich ... ein eigenes Zimmer bekommen.*

Er zögerte keine Sekunde, steckte das Handy in die Jacke zurück, hastete die Leiter hinunter und zu der Tür, hinter der das ehemalige Zimmer seiner Tochter lag, riss sie auf – und erstarrte.

41

Von jeder einzelnen, verfügbaren Wandfläche lächelte ihm Mia entgegen. Ihr einjähriges Ich, das zwei-, drei- und vierjährige und die folgenden waren auf Dutzenden Fotos verewigt. Die Serie gipfelte in einer gerahmten Großaufnahme, die Samuel als diejenige erkannte, die bei der Beerdigung auf einer Art Staffelei neben dem Sarg gestanden hatte.

Sie zeigte Mia mit sieben, fast acht, und war wenige Tage vor dem Unfall entstanden. Die tiefblauen Augen strahlten. Der Mund stand leicht offen, entblößte eine Lücke, wo vorher ein Milchzahn gewesen war.

Da war sie noch glücklich …

Samuels Lunge verkrampfte sich. Ein tonnenschweres Gewicht schien auf den Brustkorb zu drücken. Er bekam kaum noch Luft. Die Sicht verschwamm.

Kraftlos taumelte er in den Raum, ließ sich aufs Bett sinken, tastete nach Mias altem Kissen und presste es sich ins Gesicht, versuchte, noch ein einziges Mal den Duft ihrer unbeschwerten Kindheit zu riechen.

Was natürlich nicht gelang. Das einzige, das Samuel in die Nase stieg, war Staub. Er legte das Kissen beiseite, blinzelte gegen die Tränen und –

Ist das … Blut?!

Das Spannbettlaken fehlte. Auf der Matratze war ein bräunlich-roter Fleck. Er hatte einen Durchmesser von etwa zwanzig Zentimetern und war sichtlich mit einem Schwamm oder dergleichen behandelt worden. Jemand musste, im Versuch ihn zu entfernen, so lange geschrubbt haben, bis der Stoff aufgeraut worden war. Die Farbe war dadurch zwar etwas heller geworden, aber Samuel war sich dennoch sicher, dass es sich um Blut handelte.

Es ist nicht viel, aber ...

Mia – der Teenager, nicht das Mädchen aus seiner Erinnerung – hatte innere Blutungen gehabt, kaum äußerliche. War es vorstellbar, dass sie sich die Verletzungen *hier* zugezogen hatte? War Samuel durch den Gin so weggetreten gewesen, dass er davon nichts mitbekommen hatte?

Und was war mit den fünfeinhalb Jahren davor? War Mia die ganze Zeit in *seinem* Haus gefangen gehalten worden war, ohne dass er es bemerkt hatte? Das Blut und die Fußspuren auf dem Dachboden ließen kaum andere Schlüsse zu. Dazu kam Mias Hinweis, der ihn ja überhaupt erst auf die Idee gebracht hatte, hier oben zu suchen: *Zuhause. Wo ich immer war.*

Sie war bei ihrer Einlieferung in die Klinik mit Betäubungsmitteln vollgedröhnt gewesen, die ihr laut der Ärzte über Jahre hinweg verabreicht worden sein mussten. Und Samuel hatte dieses Stockwerk seit ihrem vermeintlichen Tod nicht mehr betreten.

Aber dann hätte doch zumindest Nadine etwas merken müssen ...

Er schluckte hart gegen den Kloß, der ihm mit einem Mal die Kehle zudrückte.

Tatsächlich, hörte er Ahrens in der Erinnerung sagen, *sind die Täter zu mehr als fünfundneunzig Prozent im engen Umfeld der Kinder zu finden.*

Konnte sich Samuel so in seiner Ehefrau getäuscht haben?

Er stand auf, ging zum Fenster und starrte hinaus auf die Straße. An den Ort, wo Mia gestanden hatte, als der blaue Wagen auf sie zugerast war.

Als Samuel nach dem Unfall ihre Hand gehalten hatte, war sie noch am Leben gewesen. Und als er sie keine halbe Stunde später in der Klinik wiedergesehen hatte, tot. Der einzige Mensch, der Mia die ganze Zeit über nicht aus den Augen gelassen hatte, war Nadine. Sie *musste* etwas mit der Entführung zu tun haben!

Und Krause hat ihr dabei geholfen!

Wahrscheinlich hatte der Mia irgendetwas gespritzt, damit sie tot wirkte, wenn Samuel in der Klinik eintraf.

Moment mal, aber dann ...

Beim Gedanken daran, dass Krause vielleicht auch der Vater von Mias Kind sein konnte, drehte sich Samuel der Magen um.

Nein! Das würde Nadine nie zulassen!

Überhaupt hatte er noch immer Zweifel an ihrer Mitschuld. Gut, ja, sie war sehr überbehütend gewesen, und vielleicht erklärte das ansatzweise die Entführung. Aber sie hätte Mia doch nicht unter Drogen gesetzt und jahrelang hungern lassen! Oder gar zugelassen, dass man sie vergewaltigt!

Geschweige denn, dass jemand versucht, Mia totzuschlagen!

Nein, das konnte er sich einfach nicht vorstellen.

Es sei denn ... Nadine wurde dazu gezwungen.

Samuel wollte den Gedanken sofort wieder abtun, war überzeugt, dass sie ihm das erzählt hätte. Vielleicht nicht gleich, aber irgendwann. Doch dann dachte er an die vielen Streitereien zurück. Den oberflächlichen Small-Talk. Er konnte nicht sicher sein.

Vielleicht hat sie sich nicht getraut ...

Womöglich kam so dann auch dieser Mike ins Spiel. Bedrohlich genug wirkte der ja auf jeden Fall. Vielleicht hatte Krause ihn später engagiert, um Nadine unter Druck zu setzen. Oder er war von Anfang an Teil des Ganzen gewesen und hatte damals im Rettungswagen gehockt.

Stecken die drei also alle irgendwie unter einer Decke?!

Samuel stand vor dem Fenster, starrte hinaus und zermarterte sich das Hirn. Er konnte sich beim besten Willen nicht an die Gesichter der Sanitäter erinnern. Nicht einmal daran, ob es Männer oder Frauen gewesen waren. Er hatte nur Augen für Mia gehabt.

Der Himmel hatte inzwischen wieder etwas aufgeklart und schenkte Zehlendorf ein paar letzte Sonnenstrahlen, bevor die Nacht hereinbrechen würde. Der Mond war bereits zu sehen.

Samuel atmete tief durch und legte die Stirn ans kühle Glas.

Du bist nicht allein.

Woher wusste Sarah von all dem? Und was sollte das mit dem Foto? Steckte sie genauso mit drin? Oder war das ein seltsam gearteter Versuch, Samuel zu warnen?

Er konnte sich keinen Reim auf das alles machen, so sehr er es auch versuchte.

Dafür kam ihm aber jetzt ein neuer Gedanke: Sarah hatte die Nachricht gestern Morgen versandt. Da war Mia bereits in der Klinik gewesen. Ging es dabei also gar nicht um sie, sondern um ihre kleine Tochter – insofern die noch lebte – und um Hannah?

Wer ist Hannah?!

Das Mädchen passte für Samuel überhaupt nicht ins Bild. Er überdachte noch einmal seine gestrige Theorie, Hannah sei nur ein Produkt von Mias Trauma, kam aber zu demselben Schluss: Eine solche Abspaltung kam im Teenageralter höchst selten vor.

Sie existiert.

Hannah hatte also auf dem Dachboden gehaust, war aber irgendwann in den vergangenen beiden Tagen weggebracht worden. Dafür sprachen auch die Fußspuren im Staub. Jetzt, da Samuel in Ruhe darüber nachdachte, hielt er es genauso für möglich, dass die von einer Erwachsenen stammten.

Von Sarah? Oder Nadine?

Er hob den Kopf und trat einen Schritt zurück, blieb aber vor dem Fenster stehen, hinter dem die Sonne inzwischen untergegangen war. Der Asphalt wirkte leicht bläulich, wo ihn nicht das Licht der Straßenlaternen traf.

Auch im Zimmer war es mittlerweile recht düster geworden, aber Samuel bemühte sich nicht, das zu ändern.

Er atmete mehrmals tief durch. Ihm blieb keine Wahl, als mit beiden Frauen zu sprechen, wenn er Antworten wollte. Anschließend würde er Petrowski und Ahrens informieren.

Er zog das Handy aus der Jackentasche und merkte, dass die kleine Lampe auf der Rückseite noch immer eingeschaltet war. Er blinzelte direkt ins Licht, drehte das Gerät hastig um und deaktivierte die entsprechende Einstellung. Kleine Blitze tanzten vor seinen Augen, während er überrascht feststellte, dass Nadine ihm in der Zwischenzeit geantwortet hatte.

Samuel öffnete den Chat und las: »Ich bleibe ein paar Tage bei Papa, um mir das alles in Ruhe durch den Kopf gehen zu lassen. Bitte gib mir die Zeit dafür.«

Ich denk gar nicht dran!

Hastig tippte er mit dem Daumen auf das Telefon-Icon und hielt sich das Smartphone ans Ohr. Es tutete und tutete, aber seine Ehefrau hob nicht ab.

Feigling, schimpfte Samuel in Gedanken. *Du bist mir eine Erklärung schuldig!*

Er war versucht, nach unten zu rennen, in den Audi zu steigen und zu Norbert zu rasen, entschied sich aber dagegen. Vor allem auch deshalb, weil er gar nicht sicher sein konnte, ob Nadine wirklich bei ihrem Vater war.

… oder nicht doch eher bei Krause.

Jetzt meinte sich Samuel sogar daran zu erinnern, dass es bei dem Streit vorgestern – *wenige Stunden bevor Mia verprügelt wurde* – um eine Affäre gegangen war.

Hätte ich mich nur nicht so volllaufen lassen …

Er beschloss, die Kommissare sofort anzurufen.

Die werden Nadine finden, ganz egal, wo sie steckt!

Aber noch ehe er die Telefon-App öffnen konnte, hörte er von draußen das Geräusch eines abrupt bremsenden Wagens.

Samuel löste den Blick vom Display und sah durchs Fenster hindurch einen dunklen Mercedes, der direkt vor der Einfahrt stand und so den Audi blockierte. Er beobachtete mit einem unguten Gefühl, wie zwei Gestalten ausstiegen – und atmete auf, als er begriff, dass er sich den Anruf sparen konnte. Petrowski und Ahrens waren bereits da.

Eine Sekunde später sprang die Außenbeleuchtung des Hauses an – und die Erleichterung verflog.

Die Gesichter der Kommissare sprachen Bände.

Es ist etwas passiert. Etwas Schlimmes.

Eine eiskalte Panikattacke ergriff von Samuel Besitz. Er spürte einen höllischen Druck auf den Ohren und im Schädel. Jeder einzelne Muskel seines Körpers fror ein.

Mia!

42

Ich hab gar nicht richtig geschlafen. Papa war hier oben, das weiß ich genau. Er hat meinen Namen gerufen, um zu schauen, ob wir brav sind. Also hab ich die Augen zugelassen, damit er nichts merkt, falls er in die Burg kommt, und ich hab fast gar nicht geschnauft.

Er hat ein paar Mal »Hannah« gesagt, aber dann hat er es geglaubt. Er ist wieder nach unten und hat dort Geräusche gemacht.

Jetzt ist es ganz still, aber ich glaube, Papa ist noch im Haus.

Maggie macht keine Töne, also nehme ich die Hand weg von ihrem Gesicht. Es sieht ein bisschen blau aus. Aber das ist, weil ja jetzt Blaue Stunde ist.

Es klingelt, wie wenn jemand ins Haus will.

Schnell nehme ich Maggie und krabble mit ihr zum Geheimversteck. Ich mache die Wandklappe auf und will ins Loch – aber das geht nicht, weil Maggie die Kante festhält.

»Schhhh«, mache ich ganz leise, damit nur sie es hört. Sie wimmert.

Sie mag das Versteck nicht, weil es dunkel ist, das weiß ich. Aber sie muss trotzdem rein, weil uns doch sonst ein Monster hört!

Ich halte ihr schnell den Mund zu und will sie ins Loch drücken, aber sie hält sich immer noch fest.

»Es ist gut«, sage ich in ihr Ohr. »Drin kann uns das Monster nicht finden!«

Aber es hilft nicht, sie lässt einfach nicht los.

»Ich will dir nicht wehtun«, flüstere ich, »mach bitte die Hand weg.«

Maggie hört nicht. Aber wir müssen rein, also drücke ich ganz fest.

Sie wimmert, ich drücke noch fester – und falle auf einmal mit Maggie nach vorn und auf sie drauf.

Es tut nicht schlimm weh, und es ist gut, weil wir jetzt im Versteck sind.

Ich dreh mich schnell von Maggie runter und lege ihr die Hand auf den Mund, damit das Monster nicht hört, wenn sie weint. Aber das muss ich gar nicht, sie ist jetzt ganz brav und macht keinen Ton.

Ich nehme die Hand wieder weg und greife damit die Klappe. Ich will sie zumachen, dann ist alles gut.

Da sehe ich Maggies Arm in der Burg!

Ich schaue ganz schnell zu Maggie – und sie hat wirklich nur noch einen Arm! Da ist ein großes Loch, wo der andere war. Ein Loch! Aber ... es kommt kein Blut.

Deine Fantasie blüht, flüstert mir Mama ins Ohr, obwohl sie nicht mehr da ist.

Und ich verstehe: Maggie ist gar nicht echt!

Sie ist nur aus Plastik, so wie Ferdi. Den höre ich auch nur in meinem Kopf.

Meine Augen werden ganz schwimmig, und ich muss aufpassen, dass ich nicht weine. Weil mich doch das Monster sonst hört!

Es klingelt jetzt noch mal, es ist noch da!

Ich ziehe schnell die Klappe zu.

Dann mache ich mir selber die Hand auf den Mund und sage mir, es wird alles gut. Wenn ich nur brav und still bin, dann finden mich die Monster hier nicht.

Und es hilft, die Tränen gehen weg.

Ein Teil von Maggie ist bei mir im Dunkeln.

Ich bin nicht ganz allein.

TEIL DREI

Maggie

43

Das zweite Klingeln hallte durchs Haus.

Samuel nahm es nur vage wahr. Er konnte sich nicht regen, war gefangen in einer irrationalen Vermeidungsstrategie, wie ein Kind, das sich selbst die Augen zuhält, damit sein Gegenüber es nicht sieht.

Wenn ich nicht zur Tür gehe, dann können sie mir die schlimme Nachricht nicht überbringen.

Er starrte zum Fenster hinaus auf die Straße, auf den dunklen Mercedes und den Teil der Einfahrt, wo das Heck des Audis zu sehen war. Die beiden Kommissare waren aus seinem Sichtfeld verschwunden.

Es ist alles meine Schuld!

Hätte ich mich nicht so zulaufen lassen ...

Unten pochte jemand mit der Faust gegen die Tür. »Herr Holler!« Ahrens, eindeutig. »Machen Sie auf!«

... dann wäre das alles nie passiert!

Samuels Beine verweigerten den Dienst. Dafür raste der Puls. Die Lunge schien überhaupt keinen Sauerstoff aufzunehmen. Er hechelte in hektischen, viel zu flachen Stößen.

... dann wäre Mia noch am Leben.

Er versuchte es mit einer Atemtechnik, die er seinen Patienten gern ans Herz legte, sog langsam und tief Luft durch die Nase ein und zählte dabei in Gedanken bis vier.

»Herr Holler!« Neuerliches Pochen.

Luft anhalten. 1 – 2 – 3 – 4 –

»Wir wissen, dass Sie da sind!«

– 5 – 6 – 7.

Ahrens trat wieder ins Sichtfeld, starrte zum Fenster hinauf. Obwohl Samuel dahinter im Dunkeln stand, war er, so nah am Glas, wohl kaum zu übersehen.

Und aus ...

»Jetzt lassen Sie uns schon rein!«

Samuel öffnete den Mund, stieß kräftig die Luft aus und zählte.

1 – 2 –

»Das hat doch keinen Zweck!«

– 3 – 4 – 5 – 6 – 7 – 8.

Es half. Ein bisschen. Die Beine fühlten sich immer noch tonnenschwer an, ließen sich aber wieder bewegen.

»Herr Holler!«

Schwerfällig drehte sich Samuel um, schlurfte aus Mias Zimmer hinaus und klatschte die Hand gegen den Lichtschalter im Flur, ehe er mit roboterartigen Bewegungen die Treppenstufen in Angriff nahm.

»Ich glaube, er kommt«, hörte er Petrowski draußen rufen, obwohl er noch immer einen unsagbaren Druck auf den Ohren spürte.

Er erreichte das Erdgeschoss, überwand die letzten zwei Meter und öffnete wie in Zeitlupe die Tür.

»Herr Holler.« Die Kommissarin lächelte, aber ihre blauen Augen spielten die Scharade nicht mit.

»Dürfen wir reinkommen?«, fragte Ahrens, der jetzt wieder neben ihr stand.

Samuel nickte träge, taumelte ein wenig zur Seite und ließ die beiden ein.

»Sie haben uns gar nicht erzählt«, sagte Petrowski in völlig deplatziertem Plauderton, »dass Sie so nahe am Dreipfuhlpark wohnen.«

Habe ich nicht?

Er blieb stumm, machte eine Geste Richtung Wohnzimmer, ging voraus und sank, dort angekommen, kraftlos auf den Sessel. Unterbewusst realisierte er, dass es im Raum eigenartig roch. Irgendwie säuerlich.

Die Kommissarin rümpfte die Nase und stierte leicht pikiert aufs Sofapolster, wo Samuels Kotze inzwischen zu einem zähflüssigen Brei getrocknet war.

Ach ja ...

»Entschuldigung«, nuschelte Samuel. »Ich kam noch nicht dazu, das aufzuwischen.«

Petrowski strich sich eine blonde Strähne hinters Ohr und gab sich sichtlich Mühe, verständnisvoll zu wirken. Sie setzte sich auf die andere Seite der Couch.

Ahrens blieb stehen. Er trug noch dasselbe schweißfleckige Hemd vom Vortag und hatte den rechten Arm auf die Hüfte gestemmt, gleich neben –

Jetzt fiel Samuel auf, dass die beiden Kommissare Waffen am Gürtel trugen. »Was ...«, presste er hervor, obwohl seine Kehle auf einmal eingerostet schien, und er sich vor der Antwort fürchtete. »Was ist passiert?«

»Herr Holler«, begann Petrowski mit ernster Miene, »Edith Mahlstein hat uns vorhin angerufen und darum gebeten, schnellstmöglich in die Klinik zu kommen.«

Samuel schluckte.

»Wir trafen dort auf einen Doktor Frank Senn, der die Vertretung für Herrn Doktor Krause übernommen hat.«

Gleich sagt sie es!

Der Drang, sich die Ohren zuzuhalten, wurde beinahe übermächtig. Samuel hielt ihn gerade noch im Zaum. Er begann wieder mit der Atemtechnik.

Einatmen. 1 – 2 –

»Doktor Senn war verwundert, dass in der Krankenakte kein Name steht, obwohl Sie sich ihm gegenüber als Vater der Patientin ausgegeben haben.«

– 3 – 4. Und halten. 1 –

»Nachdem Sie ein paar Minuten mit ihr allein waren, haben Sie das Krankenhaus fluchtartig verlassen. Das hat uns auch Edith Mahlstein bestätigt.«

– 2 –

»Doktor Senn hat sich daraufhin kurz mit dem Opfer unterhalten. Dank Ihnen, Herr Holler, hat sie ja inzwischen Vertrauen zum Klinikpersonal geschöpft.«

– 3 –

»Und sie sagt, ihr Papa habe ihr wehgetan.«

Moment mal!

Was?!

Samuel entwich die Luft. Er verspürte Erleichterung – *Mia lebt!* –, gleichzeitig war er verwirrt.

Beide Kommissare musterten ihn eindringlich.

»Ich ...« Er brach ab. Dann fiel ihm plötzlich die Sache mit dem DNA-Test am Morgen wieder ein. »Das ist ein Missverständnis! Ich –«

»Das glaube ich nicht«, schnitt ihm Petrowski das Wort ab. »Sie hat auch mit uns gesprochen, Herr Holler. Sie sagte, und ich zitiere: ›*Papa* hat mir das Baby in den Bauch gemacht‹.«

Samuel war mit einem Mal speiübel. Der Druck im Schädel wurde schlimmer und schlimmer. »Aber —«

»Und sie hat uns etwas gegeben.« Die Kommissarin zog einen kleinen Beweismittelbeutel aus der Tasche der Lederjacke und hielt ihn Samuel mit ausgestrecktem Arm entgegen, damit er den Inhalt gut erkennen konnte. »Sie sagt, sie hat *Papa* den hier weggenommen.«

Samuel blinzelte ungläubig.

Was er sah, veränderte sich nicht.

Das ist mein Dienstausweis!

44

»Können Sie uns das erklären, Herr Holler?«

Kann ich nicht.

»Für uns sieht die Sache nämlich sehr eindeutig aus«, fügte Petrowski hinzu, während sie den Beweismittelbeutel wieder in die Jackentasche steckte.

Beide Kommissare musterten Samuel eindringlich.

Der fühlte sich wie früher beim Training, wenn er einen harten Punch mitten ins Gesicht abbekommen hatte. Zuerst leicht benommen. Dann wütend. »Wollen Sie damit etwa andeuten, ich hätte meine eigene Tochter missbraucht?!« Er beugte sich nach vorn, spürte, wie ihm die Zornesröte ins Gesicht stieg. »Und sie beinahe totgeschlagen?!«

Petrowski und Ahrens tauschten vielsagende Blicke aus. Nur für den Bruchteil einer Sekunde.

»Das ist doch absurd!« Samuel sprang vom Sessel auf – was allerdings nun auch die Kommissarin dazu veranlasste, die Hand aufs Waffenholster zu legen.

Er erschrak, kam ein wenig zur Vernunft und setzte sich sicherheitshalber wieder. »Hören Sie«, versuchte er es in deutlich ruhigerem Tonfall noch einmal, »das ist absurd! Mia ist schwer traumatisiert. Ich glaube, sie bringt da etwas durcheinander.«

»Wo waren Sie vorgestern Abend, Herr Holler?«, fragte Petrowski, nach wie vor sichtlich angespannt.

»Hier. Ich ...« Er brach ab.

Hätte ich mich nicht so zulaufen lassen ... dann wäre das alles nie passiert!

»Es ist gut, dass Sie gekommen sind.« Seine Stimme bebte, obwohl er sich alle Mühe gab, nicht wie ein Irrer zu klingen. »Ich wollte Sie nämlich eh gerade anrufen.«

Ahrens hob die Augenbrauen. »Ach?«

»Ja!« Samuel versuchte, sich von dem spöttischen Blick nicht noch mehr aus dem Konzept bringen zu lassen, was ihm zumindest halbwegs gelang. »Ich habe oben in Mias altem Zimmer einen Blutfleck auf der Matratze gefunden! Jemand hat versucht ihn zu entfernen, aber es ist eindeutig Blut! Und auf dem Dachboden sind Fuß-spuren!«

Der Kommissar schielte zu seiner Kollegin hinüber. Die nickte kaum merklich.

»Ich glaube, Nadine hat irgendetwas mit der ganzen Sache —«

»Macht es Ihnen etwas aus«, unterbrach Ahrens mit einer rhetorischen Frage, »wenn ich mir das mal kurz anschaue, Herr Holler?«

»Natürlich nicht! Kommen Sie!« Samuel sprang ein weiteres Mal vom Sessel auf – und fing sich schon wieder mahnende Blicke ein.

»Bleiben Sie sitzen«, brummte der Kommissar und fügte wie zum Hohn hinzu: »Bemühen Sie sich nicht!«

Samuel nahm wieder Platz, wenn auch widerwillig. Er hatte es satt, wie der Böse in dieser Geschichte behandelt zu werden. Das alles konnte doch nur ein Missverständnis sein!

Mia hat sich vertan – im Delirium! Oder die beiden haben sie falsch verstanden!

Ahrens sah ihn noch einmal eindringlich an. Dann drehte er sich um und verließ das Wohnzimmer. Kurz darauf waren seine Schritte erst auf der Treppe und schließlich im oberen Stockwerk zu hören.

Das wird sich alles aufklären.

Samuel wandte sich Petrowski zu, die jetzt stocksteif auf der Couch saß, die Hand am Holster, ein sichtlich erzwungenes Lächeln auf den Lippen. Er atmete tief durch. »Hören Sie, Sie müssen Nadine finden! Meine

Ehefrau!« Die Stimme klang immer noch etwas wacklig. Er räusperte sich. »Das da oben ist der Beweis, dass hier etwas nicht mit rechten Dingen zugeht. Und Nadine kann unmöglich nichts davon gewusst haben!«

Die Kommissarin schwieg.

»Ich glaube nicht, dass sie die Idee hatte, das traue ich ihr einfach nicht zu. Wahrscheinlich wurde sie unter Druck gesetzt. Bedroht oder erpresst. Aber sie muss wissen, was da oben vonstattengegangen ist! Anders kann ich mir das einfach nicht erklären!«

Petrowski verzog das Gesicht. »Wenn es sich hierbei tatsächlich um den Tatort handelt, Herr Holler ... wollen Sie all die Zeit nichts davon mitbekommen haben?!«

»Nein! Ich war seit Jahren nicht mehr da oben, und ich ...« Er zögerte. Aber dann sprach er es doch aus. Zum ersten Mal war er diesbezüglich ehrlich. Auch zu sich selbst. »Ich bin Alkoholiker.«

Sie wirkte nicht überrascht, sagte aber nichts dazu.

... und ich brauche gerade dringender denn je einen Gin!

Samuels Hände zitterten. Er war sich nicht sicher, ob das der Nervosität geschuldet war. Oder der Sucht. Er versuchte krampfhaft, zumindest den ruhigen Tonfall beizubehalten. »Ich weiß nicht, was vorgestern Abend passiert ist. Ich weiß nur noch, dass Nadine und ich uns gestritten haben.«

Wegen einer Affäre ...

»Ich glaube, es ging um Krause! Er hat —« Samuel unterbrach sich. Von oben war jetzt das Geräusch der ausfahrenden Leiter zu hören. Kurz darauf Tritte.

Ahrens sah sich also den Dachboden an.

Wo ist Hannah?!

Petrowski saß, mit einstudiertem Lächeln, einfach nur da und sagte nichts.

Samuel packte angesichts ihrer geheuchelten Teilnahmslosigkeit beinahe wieder die Wut. Er ballte die Hände zu Fäusten. »Hören Sie, ich weiß nicht, was hier passiert ist, aber irgendjemand hat Hannah weggebracht! Heute, gestern oder auch schon vorgestern!«

»Und ich nehme an ... da waren Sie auch betrunken und wissen von nichts?!«

Er blies Luft durch die Nase aus. »Nein. Also ... ja, auch. Aber ich war auch arbeiten!«

Die Kommissarin kräuselte die Lippen. »Stimmt. Zum Beispiel heute Morgen. Als das erste Opfer, wie sie uns ja selbst telefonisch bestätigt haben, beinahe an einer Überdosis Blutverdünner gestorben wäre. Einer Überdosis, die ihr über beide Tage hinweg und daher mit Absicht verabreicht worden sein muss!«

Samuels Fingernägel gruben sich tief ins Fleisch der Handflächen. »Das war dieser Mike! Oder Krause! Wenn ich es Ihnen doch sage! Die stecken unter einer Decke!«

Oben waren wieder Tritte zu hören. Die Dachbodenklappe ging zu.

»Sie haben Krause doch befragt!«, herrschte Samuel Petrowski an. »Was ist daraus geworden?! Und was ist mit Mike, haben Sie den gefunden?!«

Die Kommissarin antwortete nicht, zeigte nur wieder das gezwungene Lächeln.

Ahrens' Schritte näherten sich. Er war bereits auf der Treppe.

Plötzlich kam Samuel ein ganz neuer Gedanke. Ein Gedanke, der gleichzeitig erschreckend grausam und doch auch erleichternd war.

Vielleicht hat Mia die Wahrheit gesagt, aber ...

»Haben Sie mal überlegt«, fragte er Petrowski, »dass sie gar nicht ihren *echten* Papa gemeint hat, als sie das mit dem Baby gesagt hat?!«

»Haben wir«, brummte Ahrens, der jetzt im Türrahmen stand. »Ich sagte Ihnen ja: Wir ermitteln in alle Richtungen.«

Die rechte Hand lag wieder am Waffenhalfter, als er hinzufügte: »Herr Holler, ich muss Sie bitten, uns aufs Revier zu begleiten.«

45

Ich glaube, es waren keine Monster.

Ich hab sie gehört, den Mann und die Frau. Es waren bestimmt gute Menschen. Sie durften ja ins Haus.

Aber wir können nicht sicher sein, hat Mama gesagt, weil wir den Unterschied nicht sehn. Ich muss mich also immer brav verstecken und still sein. Sonst holen mich die Monster doch.

Deshalb sitze ich so lange im Geheimversteck. Aber unten ist es jetzt wieder ganz still.

»Ich glaube, sie sind weg«, flüstere ich Maggie ins Ohr und tu so, als wäre sie echt. Aber es klappt nicht richtig, obwohl es dunkel ist. Weil meine Hand das Loch spürt. Und weil mein Kopf nicht mehr mitmachen will.

Maggie ist nur aus Plastik, sie kann nicht echt sein.

Ich weiß nicht, ob Papa noch unten ist. Ich glaube, ich bin ganz allein.

Ich fange an zu weinen, und kurz sind mir sogar die Monster egal. Sollen sie mich doch holen, denke ich. Aber dann fällt mir wieder ein, wie es aussieht, wenn man ›tot‹ ist, und dass die Löcher bestimmt wehtun. Da bekomme ich doch wieder Angst.

Schnell mache ich meine Hand auf den Mund und höre ins Haus und nach draußen. Da sind nur normale Geräusche. Es kommt kein Monster, und Papa kommt auch nicht.

Trotzdem traue ich mich nicht, die Klappe aufzumachen. Ich bleibe lieber noch im Versteck.

Ich schnupfe, umarme Maggie und denke dran, wie's *vorher* war. Da war ich nie ganz allein, weil ich ja noch ein kleines Mädchen war.

46

Der Verhörraum war nicht ansatzweise so düster, wie er ihn sich vor wenigen Stunden – mit Krause und Mike darin – ausgemalt hatte. Er war hell erleuchtet und mindestens doppelt so groß wie in der Fantasie. Sogar der Stuhl war halbwegs bequem.

Das alles machte die Situation, in der sich Samuel nun selbst befand, allerdings nicht weniger bedrohlich.

Seit mindestens einer Stunde saß er nun schon hier drin. Allein. Die Kommissare hatten ihn reingeführt, den Raum dann aber kommentarlos wieder verlassen.

Sie wollen mich schmoren lassen ...

Nicht zum ersten Mal dachte Samuel an die vielen amerikanischen Krimi-Serien zurück, die Nadine und er früher gemeinsam im Fernsehen verfolgt hatten. Und mit einem Mal war er sich gar nicht mehr sicher, ob das, was er bisher für ein Fenster gehalten hatte, überhaupt eins war. Das Glas reflektierte den Raum.

Weil drinnen hell ist und draußen dunkel ... oder weil es ein Einwegspiegel ist?!

Paranoia kroch mit haarigen Spinnenbeinen Samuels Nacken empor. Jetzt war er sich absolut sicher: Er wurde beobachtet!

Wie verhält man sich normal?!

Jede Bewegung, jede Sitzposition fühlte sich falsch an. Ganz so, als sei Samuel plötzlich in einem fremden

Körper. Er stützte die Ellbogen auf den Tisch, legte den Kopf in beide Hände und hibbelte nervös mit dem Fuß – aber machte er sich damit womöglich verdächtig? Müsste er nicht völlig entspannt hier warten, wenn er doch unschuldig war?

Nein, das wäre auch falsch!

Samuel entschied, dass Nervosität in seiner Situation eine durchaus angebrachte Emotion war. Schließlich war seine Tochter mehrmals knapp dem Tod entronnen, und die, die das zu verantworten hatten, noch auf freiem Fuß! Statt die wahren Täter zu jagen, beschuldigte man *ihn* –

Brauche ich einen Anwalt?

Das war keine neue Frage, sondern eine, die ihm nun schon mehrmals durch den Kopf gegangen war. In den Krimi-Serien hatten die Leute immer Anwälte, die sie mitten in der Nacht anrufen und zum Revier bestellen konnten.

Samuel hatte keinen. Und vielleicht war das besser so. Machte man sich nicht erst recht verdächtig, wenn man einen Anwalt verlangte?! Immerhin –

Wie hält ein normaler Mensch die Hände?

Er schüttelte seine aus, weil die vor lauter Muskelspannung schmerzten. Was allerdings für einen außenstehenden Beobachter bestimmt höchst seltsam aussah und wahrscheinlich …

Ist das nun ein Einwegspiegel oder nicht?!

Die Sache machte ihn ganz verrückt!

Samuel entschied sich für eine Konfrontation. Er stand vom Stuhl auf, ging zu dem Ding hinüber, stellte sich direkt vors Glas und sah – einen Parkplatz im Mondschein.

Da habe ich mich also die ganze Zeit völlig umsonst kirre gemacht!

Jetzt kam er sich albern vor. Der Puls raste aber immer noch. Samuel ging zurück, setzte sich wieder auf den für ihn vorgesehenen Platz und machte noch einmal die Atemübung. Und noch einmal. Und noch einmal.

Mitten in der zwölften Wiederholung – er hielt gerade die Luft an und wollte bis sieben zählen, kam aber nur bis vier – schwang die Tür des Verhörraums auf, und die beiden Kommissare kamen herein.

Samuel verschluckte sich vor Schreck und musste husten, bis ihm beinahe Tränen in den Augen standen.

»Na, na, Herr Holler«, brummte Ahrens, während er sich auf einen der beiden Stühle auf der anderen Seite des Tisches setzte, »wir haben doch nur ein paar Fragen an Sie ...«

Als ob!

Der Gesichtsausdruck des Kommissars sprach Bände. Die *Ist-doch-alles-ganz-harmlos*-Masche kaufte Samuel ihm nicht ab.

Petrowski, die sich nun ebenfalls niederließ und eine braune Akte vor sich auf den Tisch legte, hatte wieder dieses fürchterliche, aufgesetzte Lächeln im Gesicht.

»Also, noch mal von vorne ...« Auch Ahrens spielte das Spiel weiter. »Wo waren Sie vorgestern Abend?«

Samuel räusperte sich, bemühte sich um eine geduldige Miene und einen neutralen Tonfall, obwohl ihm nach schreien zumute war. »Wie ich Ihrer Kollegin bereits sagte: Ja, ich war zuhause. Aber was da oben vor sich ging, habe ich nicht mitbekommen!«

Hätte ich mich nicht so zulaufen lassen ... dann wäre das alles nie passiert!

Die Schuldgefühle fraßen ihn von innen auf.

Der Kommissar sah ihn spöttisch an. »So?«

»Nein!« Samuels Geduldsfaden, ohnehin nur noch so dünn wie ein Haar, war zum Zerreißen gespannt. »Weil ich wie immer betrunken war! Ist es das, was Sie hören wollen?! Ich werde ganz sicher nicht *Vater und Ehemann des Jahres*, aber ich habe meiner Tochter nichts angetan!«

»Sie haben also ein Black-Out? Können sich an überhaupt nichts von diesem Abend erinnern?«

»An nichts außer einen Streit mit meiner Frau!« Er versuchte sich zu bremsen, aber die Wörter platzten aus ihm heraus: »Und ich hab jetzt auch wirklich genug von diesem albernen Spielchen!« Die Wut brach sich Bahn. Samuel ballte die rechte Hand zur Faust und hieb auf die Tischplatte. Die Konsequenzen eines solchen Ausbruchs waren ihm plötzlich vollkommen egal. »Sie haben mich hier lange genug schmoren lassen! Haben Sie Nadine gefunden?! Oder es zumindest versucht?!«

»Gut.« Ahrens machte eine wegwerfende Geste und sah mit einem Mal nicht mehr freundlich, sondern wild entschlossen aus. »Vergessen wir also das Geplänkel und kommen gleich zur Sache!« Er verschränkte die Arme und lehnte sich nach vorn, auf den Tisch. »Herr Holler, wo ist Hannah?«

»Ich. Weiß. Es. Nicht!« Die Frustration ließ Samuel zittern. »Wenn ich es Ihnen doch sage: Ich habe nicht die leiseste Ahnung, was passiert ist! Oder wer diese Hannah überhaupt ist!«

Der Kommissar verzog die Lippen. »Kommt jetzt wieder diese alberne Theorie, dass Hannah gar nicht existiert?! Damit konnten Sie uns doch gestern schon nicht an der Nase herumführen!«

»Ich hab doch nur versucht zu helfen!«

»Uns ablenken, das wollten Sie! Damit wir nicht nach ihr suchen! Aber damit ist es jetzt aus und vorbei, Herr Holler! *Wo* ist Hannah?«

»Fragen Sie meine Frau!«

»Ich frage aber Sie!« Ahrens' Augen funkelten.

Petrowski lächelte und schwieg weiterhin. Offenbar gab es zwischen den beiden eine ganz klare Aufgabenverteilung.

Samuel schnaubte frustriert. Mit seinem Dickschädel kam er hier nicht weiter. Also versuchte er es stattdessen doch noch einmal auf die vernünftige Tour – auch wenn ihm das in dieser Situation schwerfiel. »Hören Sie, ich weiß wirklich nicht, wo Hannah ist. Und auch nicht, wer sie ist.« Er legte möglichst viel Gewicht in den nächsten Teil: »Und was Mia angeht: Ich könnte ihr *nie* etwas antun! Schon gar nicht das, was Sie mir hier offenbar vorwerfen! Das ist absurd!«

»Herr Holler ...« Ahrens wirkte mit einem Mal wie eine Katze, die heimtückisch auf Beute lauert. »Wir wissen, dass das erste Opfer nicht Ihre Tochter ist. Und ich glaube, ganz tief in Ihrem Inneren wissen *Sie* das auch ...«

47

»Was zum Teufel reden Sie denn da?!«, ereiferte sich Samuel. »Natürlich ist sie meine Tochter! Sie ist meiner Frau wie aus dem Gesicht geschnitten! Norbert hat sogar einen DNA-Test gemacht! Und wenn Sie endlich mit Nadine reden, wird die Ihnen sicher auch sagen, dass –«

»Herr Holler ...«, brummte Ahrens dazwischen, »wir haben heute Nachmittag auch mit Ihrem Schwiegervater gesprochen. Er hat kein Wort über diesen ominösen DNA-Test verloren.«

Wir brechen damit das Gesetz.

Samuel ballte die Hände zu Fäusten. »Da konnte er ja auch nicht wissen, dass Sie mich einer viel schlimmeren Straftat beschuldigen würden! Außerdem hatte er da das Ergebnis noch gar nicht! Wenn Sie ihn jetzt anrufen und ihm erklären, was hier los ist, dann wird er –«

»Herr Holler, wir müssen nicht noch einmal mit ihm sprechen. Und mit Ihrer Frau genauso wenig.«

Hört mir doch zu!

»Sie müssen –« Samuel stutzte. »Sie haben schon mit Nadine geredet?!«

»Haben wir.« Ahrens' Augen funkelten wieder. »Und sie hatte uns viel Interessantes zu berichten …«

»Was … was hat sie gesagt?«

»Dass Sie eine schwere Zeit durchmachen und den Tod Ihrer Tochter Mia nie ganz verwunden haben.«

Samuel öffnete den Mund, wollte protestieren, aber der Kommissar sprach bereits weiter.

»Dass Sie ein schwerer Trinker sind. Und keineswegs so anständig, wie Sie uns glauben machen wollen.«

»Aber ich —«

»Dass Sie sie gestern Abend geschlagen haben.«

Samuel schluckte. »Ja, das war dumm. Aber ich habe mich sofort entschuldigt!« Er sah nach unten, auf die geballte Rechte, deren Knöchel leicht geschwollen und gerötet waren. »Mir ist das alles —«

Moment mal!

»Sie haben früher Kampfsport betrieben, nicht wahr, Herr Holler? Ich glaube, dass Ihnen öfter mal die Hand ausrutscht. Dass der Geduldsfaden reißt. Nicht nur bei Ihrer Frau …«

»Warten Sie eine Sekunde!« Samuel schöpfte ein wenig Hoffnung. »Sie haben mich doch gesehen!« Er schaute zu Petrowski, die nach wie vor schweigend dasaß und künstlich lächelte, dann wieder zu Ahrens. »Am Tag nachdem Mia verprügelt wurde! Da war meine Hand noch nicht geschwollen! Ich *kann* es also gar nicht gewesen sein!«

Die Miene des Kommissars veränderte sich nicht. Da war nicht einmal ein winziges Zucken. »Uns liegt in der Zwischenzeit der finale Bericht des Rechtsmediziners vor,

Herr Holler. Wir wissen, dass das Opfer nicht mit der Faust geschlagen wurde, sondern mit einem stumpfen Gegenstand. Die Kollegen von der KTU sind bereits dabei, Ihr Haus auseinanderzunehmen. Und sie werden die Tatwaffe finden, die Sie benutzt haben! Warum ersparen Sie uns also nicht diese Ausflüchte und —«

»Jetzt hören Sie mal!« Die Wut kehrte zurück. Im völlig falschen Moment, das war Samuel durchaus bewusst, aber er konnte sich nicht bremsen. »Ich habe mit der ganzen Sache nichts zu tun! *Ja*, mir ist gestern die Hand ausgerutscht, und, *ja*, das war falsch! Aber ich habe Nadine vorher noch *nie* geschlagen! Und Mia erst recht nicht! Ich könnte ihr *niemals* wehtun!«

Im Augenwinkel sah Samuel, dass Petrowskis andressiertes Lächeln ein wenig verrutschte.

Ahrens dagegen blieb von seinem Ausbruch gänzlich unberührt. Er wirkte nach wie vor wie ein Raubtier, das seine Beute längst in die Ecke getrieben hat. »Herr Holler, nur mal angenommen, ich würde Ihnen das glauben ... wer soll es sonst gewesen sein?!«

»Krause! Oder dieser Mike! Das habe ich Ihnen doch heute Morgen am Telefon schon gesagt! Und Nadine muss es wissen! Sie war doch —«

»Ihre Frau hat ein Alibi für den Tatabend.«

Samuel stutzte. »Wie ... wie meinen Sie das? Sie war zuhause! Sie muss —«

»Nein, das war sie nicht, Herr Holler. Zumindest nicht zur Tatzeit.«

Sie ist nach unserem Streit abgehauen!?

Die Wut war wie weggeblasen. An ihre Stelle trat Verwunderung. Und ein fast schon schmerzhaftes Gefühl des Kontrollverlusts. »Ich ...«

»*Sie* dagegen haben *kein* Alibi, Herr Holler. Sie geben sogar zu, am mutmaßlichen Tatort gewesen zu sein.«

»Ich war ... betrunken!«

»Sie können beim Prozess natürlich versuchen, sich mit Unzurechnungsfähigkeit durch Alkoholkonsum rauszureden.« Ahrens zuckte die Achseln. »Mal sehen, ob der Richter Ihnen das abkauft ...«

Samuels Gedanken rasten. Obwohl er sich nicht an die Stunden nach dem Streit erinnern konnte, meinte er, nicht allein gewesen zu sein. Hatte er den oder die Täter vielleicht sogar gesehen?

Plötzlich fiel ihm der Traum von vergangener Nacht wieder ein. Der dunkle Schatten mit Reißzähnen, der ein kleines Mädchen verschlang. War das wirklich nur ein Traum gewesen? Oder in Wahrheit eine Erinnerung an die Geschehnisse vorgestern Abend?

Samuel biss sich auf die Lippe, kramte verzweifelt im Gedächtnis, aber da war nichts als Schwärze.

»Herr Holler, ... was meinen Sie?« Ahrens grinste spöttisch. »Wollen Sie jetzt nicht endlich die Karten auf den Tisch legen?«

Ganz unabhängig davon ...

»Ich habe nie gesagt, dass meine Frau es war, die Mia so zugerichtet hat«, erklärte Samuel mit fester Stimme und erkämpfte sich damit gefühlt ein klein wenig Kontrolle zurück. »Im Gegenteil: Ich bezweifle stark, dass sie zu so etwas fähig wäre. *Was* ich sage ist, dass Nadine wissen muss, wer hinter all dem steckt! Ich sage Ihnen: Es war Krause!«

Der Kommissar schnaubte. »Herr Holler, ich bitte Sie! Das klingt nicht nur für völlig unrealistisch, Herr Doktor Krause hat außerdem ebenfalls ein Alibi für die Tatzeit.«

Petrowskis Lächeln geriet ein weiteres Mal ein wenig in Schieflage – und die Erkenntnis traf Samuel wie ein Schlag ins Gesicht. »Sie geben sich gegenseitig ein Alibi, nicht wahr?! Krause und Nadine!«

Jetzt verzog auch Ahrens das Gesicht. »Herr Holler, es ist —«

»Aber das bedeutet doch, dass ich recht habe! Dass Nadine unter Druck gesetzt wurde!«

Oder dass sie doch mit drinsteckt ...

»Sie hat ihm ein Alibi gegeben, damit er —«

»Herr Holler!« Jetzt war Ahrens sichtlich ungehalten. »Es reicht jetzt mit diesem albernen Theater! Sie wollen doch nicht ernsthaft behaupten, dass Doktor Krause —«

»Doch!«

Es muss so sein!

Für Samuel lag die Lösung auf der Hand, weshalb er sich jetzt auch nicht mehr verunsichern, geschweige denn bremsen ließ. »Genau *das* will ich behaupten! Er muss etwas mit Mias Entführung zu tun haben! Das weiß ich einfach! Sonst hätte sie doch nicht tot ausgesehen!«

Der Kommissar starrte ihn für einen Moment schweigend an. Dann schnaubte er durch die Nase aus. »Herr Holler ...« Er sprach jetzt ganz langsam, als wolle er einem

Kleinkind etwas erklären. »Ihre Tochter wurde nicht entführt. Sie ist gestorben.«

»Ja, das dachte ich ja auch, aber —«

»Herr Holler!« Ein mahnender Blick. »Das Opfer in der Klinik ist nicht Ihre Tochter.«

»Aber —«

»Sie mag Ihrer Tochter ähnlich sehen, aber sie ist nicht einmal im selben Alter!«

»Doch, natürlich, Mia ist dreizehneinhalb und —«

»Herr Holler! Hören Sie auf!«

Etwas in Ahrens' Miene ließ Samuel verstummen.

Der wandte sich jetzt seiner Kollegin zu. »Tatjana, wärst du so nett?«

Was soll das alles?!

Petrowskis eingebranntes Lächeln sollte vermutlich verständnisvoll wirken, verfehlte aber auch diesmal das Ziel. »Herr Holler, wie Ihnen mein Kollege bereits gesagt hat, liegt uns inzwischen der Bericht des Rechtsmediziners vor.« Sie schlug die Akte auf, die die gesamte Zeit vor ihr auf dem Tisch gelegen hatte, zog eine DIN-A4-Seite Fotopapier heraus und legte sie vor Samuel auf den Tisch. »Dieses Röntgenbild wurde vorgestern Nacht kurz nach der Einlieferung des Opfers gemacht.«

Samuel starrte auf die schwarz-weiße Aufnahme von Knochen einer linken Hand. In der Nähe des Gelenks zum Arm befand sich, so viel war auch für einen Laien erkennbar, ein massiver Bruch. Der Rest schien intakt. Alle fünf Finger waren noch da.

Das war bevor die Ärzte drei amputieren mussten …

»Der Rechtsmediziner hat sich das Bild noch einmal ganz genau angesehen«, erklärte Petrowski und zeigte auf die Handwurzelknochen. »Sehen Sie, Herr Holler, bei Kindern sind diese Strukturen hier noch keine Knochen, sondern Knorpel. Sie verknöchern erst mit der Zeit.«

Samuel runzelte die Stirn. Er hatte nicht die leiseste Ahnung, worauf die Kommissarin hinauswollte, konnte nicht einmal mit Bestimmtheit sagen, ob es sich im Bild nun um Knochen oder Knorpel handelte.

»Aufgrund der Unterernährung hat sich der Körper des Opfers nicht normal entwickelt, weshalb die Ärzte, und auch wir, sie auf dreizehn, vierzehn Jahre geschätzt haben.« Petrowski kräuselte die Lippen, ehe sie weitersprach. »Aber sehen Sie, Herr Holler, die Verknöcherung der Handwurzelknochen ist komplett abgeschlossen.«

»Was ... soll das heißen?« Samuel begriff noch immer nicht.

»Das heißt, dass das Opfer keine Jugendliche mehr ist. Dem Rechtsmediziner zufolge ist sie zwanzig bis zweiundzwanzig Jahre alt.

48

Große Mädchen bekommen ein eigenes Zimmer, das hat Mama gesagt. Ich weiß nicht richtig, ob ich jetzt groß bin. Maggie ist ja gar nicht echt. Ich glaube, groß ist man erst dann, wenn man ein kleines Mädchen hat.

Es ist ein Kreis, denke ich, aber mein Kopf tut mir dabei weh. Mir ist ganz schwindlig, und der Mund ist so pappig wie noch nie. Ich will weinen, weil mir alles wehtut, aber ich glaube, ich hab gar keine Tränen mehr.

Ich sitze immer noch im Dunkeln, hier im Geheimversteck. Allein.

Im Haus waren nämlich doch noch mal Geräusche. Gut, dass ich sicher war. Aber jetzt überlege ich, ob ich mich raus trauen kann. Es ist ja still.

Also schiebe ich langsam an der Klappe und schaue durch den Spalt. In der Burg ist ein bisschen Licht. Ich glaube, das ist vom Mond. Da liegt Maggies Arm, aber sonst ist alles wie immer, also krabble ich raus.

Neben Ferdis Stall steht die Flasche vom Tag, und die ist noch fast voll. Ich nehme die Flasche, mache sie auf und trinke einen ganz großen Schluck. Der Mund ist nicht mehr so pappig, es hilft, also trinke ich noch mal und dann immer weiter, bis das Wasser leer ist.

Ich gucke durch die Schießscharte, aber das Zimmer ist leer. Da ist niemand, mit dem ich zum Einschlafen kuscheln oder am Tag spielen kann.

Ich wünsche mir so sehr, dass es wie *vorher* ist, aber ich weiß, das geht gar nicht mehr.

Trotzdem krabble ich aus der Burg und zu der Ecke, wo drunter das Zimmer ist, in das ich nicht darf.

Ich komme beinahe nicht bis dahin. Meine Arme und Beine werden auf einmal ganz schwer. Aber dann lieg ich doch dort auf dem Boden und hör nach Geräuschen aus dem Zimmer, obwohl da ja keine mehr sind.

»Komm wieder«, flüstere ich ganz leise. »Ich wünsch mir, er hat dich nicht ›tot‹ gemacht!«

Ich will noch was sagen, aber das geht nicht mehr. Ich bin jetzt ganz müde, mir ist schlecht und –

Meine Augen gehen zu. Von ganz allein.

49

Innerhalb der ersten Schrecksekunden empfand Samuel nichts als Erleichterung.

Mia wurde nicht ausgehungert, unter Drogen gesetzt, verge-waltigt und beinahe zu Tode geprügelt! Sie ist nicht für immer traumatisiert!

Dann wurde ihm die Bedeutung des Ganzen klar.

Mia ist tot, flüsterte der Schachtelteufel – und sprang aus seinem Versteck. *Sie kommt nie mehr zurück ... und DU bist dafür verantwortlich!*

Samuel spürte, wie Wut, Trauer und Machtlosigkeit in seinem Brustkorb explodierten, fühlte die Tränen, die über seine Wangen rannen. Die Schuldgefühle brachten ihn schier um den Verstand.

Sie wird nie wieder lachen. Nie wieder Fußball spielen.

»Nein! Das kann nicht ...«, versuchte er zu protestieren, aber ihm fehlte die Kraft. Er sackte in sich zusammen, hatte das Gefühl, durch den Stuhl hindurchzufließen, bis nichts mehr von ihm übrig war.

Mia ist tot.

Das war die Wahrheit. Er erkannte sie in Petrowskis Augen.

»Ich ...«, presste Samuel hervor, »... ich dachte ...«

Die kleine Jane ist nicht klein. Und sie kann nicht Mia sein, zischte der Teufel. *Da hast du den Beweis, den du wolltest, – schwarz auf weiß.*

»Wissen Sie was, Herr Holler?!« Auch Ahrens hatte jetzt ein süffisantes Grinsen im Gesicht. »Das ist der *eine* Punkt, den ich Ihnen sogar abkaufe. Ich bin mir nicht sicher, ob Sie es von Anfang an geglaubt haben oder ob Sie es sich erst mit der Zeit eingeredet haben. Aber ich glaube Ihnen, dass Sie dachten, Sie halten Ihre Tochter da oben gefangen.«

Samuel spürte ein unsagbares Stechen in der Brust. Er konnte kaum atmen. »Was?! Aber ... das ist doch ...! Ich könnte nie ...!«

»Als Ihre Tochter starb, brauchten Sie einen Ersatz, nicht wahr?! Wo haben Sie sie aufgelesen? War sie eine Obdachlose? Taucht sie deshalb in keiner Kartei auf?«

»Ich ... ich war das nicht!« Die bleierne Schwere, die auf ihm lastete, erschwerte das Denken. Aber er musste denken! Musste sich doch aus dieser verdammten Scheiße rausmanövrieren!

»Sie sah Ihrer Tochter ähnlich, und da haben Sie sie entführt«, polterte Ahrens weiter, »völlig ausgehungert und unter Drogen gesetzt, damit sie sich nicht wehren kann! Damit sie für immer Ihr kleines Mädchen bleibt!«

Nein!

»Aber sie ...«, stammelte Samuel, dem jetzt wieder die Situation im Krankenzimmer vor Augen stand. »Sie hat doch ... ›Papa‹ zu mir gesagt!«

»Weil *Sie* es von ihr verlangt haben!« Der Kommissar schnaubte. »Haben Sie vorhin nicht selbst gesagt, dass ›Papa‹ womöglich gar nicht ihr richtiger Vater ist?!«

»Ja, aber das war doch, weil —«

Sie sagte, und ich zitiere: ›Papa hat mir das Baby in den Bauch gemacht‹. Petrowskis Worte schossen durch Samuels Verstand wie Granatsplitter.

»Sie hat uns *Ihren* Dienstausweis gegeben, Herr Holler! Da ist ein Foto von Ihnen drauf, wie Sie wissen. Sie hat Sie erkannt!«

»Aber den ... den muss ihr jemand untergeschoben haben ...« Plötzlich fiel Samuel der Zusammenstoß vom Morgen ein. Das eigenartige Gefühl, dass ihm hinterher etwas fehlte. »Krause! Er —«

»Jetzt hören Sie endlich auf mit diesem Unsinn! Das Opfer hatte den Ausweis erst am Abend bei sich. Da war Krause nicht in der Klinik, nicht einmal in der Stadt!«

Ach ja, der angebliche Todesfall in der Familie ...

Samuel öffnete den Mund, aber Ahrens kam ihm zuvor: »Und ja, Herr Holler, das haben wir überprüft! Wir machen unseren Job verdammt gründlich!«

Aber ... wer war es dann?!

»*Sie* waren es, Herr Holler«, sagte der Kommissar, als habe er den Gedanken gehört. »*Sie* haben das Opfer da oben eingesperrt, gequält und vergewaltigt!«

»Nein, ich —«

»Wie Ihre Ehefrau nichts davon mitbekommen haben sollte, ist mir schleierhaft. Ziemlich sicher ist sie eine Mitwisserin!« Ahrens' Augen funkelten wieder. Er war auf Beute aus. »Wäre ja nicht das erste Mal, dass eine Frau den gewalttätigen Ehemann deckt.«

»Ich habe Nadine nicht —«

»Aber *Sie* waren es, der das Opfer missbraucht hat! Und mit der Zeit wurde sie Ihnen lästig, nicht wahr? Hat sich vielleicht gewehrt. Vielleicht wurde sie Ihnen fürs Bett auch einfach zu alt ...«

»Nein! Nichts dergleichen! Ich —«

»Deshalb haben Sie sich ein neues Mädchen gesucht, die kleine Hannah! Und nachdem Sie sie hatten, haben Sie vorgestern Abend versucht, sich des ersten Opfers zu entledigen!«

»Nein, da war ich ...«

... sturzbetrunken.

Mit einem Mal sah Samuel wieder den Schatten vor sich, der sich an dem kleinen Mädchen labte, beobachtete, wie sich die Reißzähne tief ins Fleisch gruben.

»Sie waren *was*, Herr Holler?!«

Ihm wurde speiübel, gleichzeitig heiß. »Das ist alles ein Missverständnis!«

»Ach ja?«, spöttelte Ahrens. »Dann sagen Sie mir: In welchem Punkt habe ich mich geirrt? Erzählen Sie uns, wie es wirklich war!«

Ich kann nicht!

Das Problem war nicht, dass Samuel die Stimme versagte – was sie tat.

Das *eigentliche* Problem war, dass Ahrens' Schlussfolgerungen so verdammt logisch klangen.

50

Weißt du was?! Du bist nicht nur ein Arsch, sondern auch ein beschissener Psychologe! Du bist ja selbst total verrückt!

Samuels Schädel dröhnte. Nadines Worte hallten darin wider und wider. Es gab kein Entrinnen.

»Wir warten, Herr Holler«, behauptete Ahrens, aber er schoss sofort wieder los: »*Sie* haben die beiden Opfer entführt, ist es nicht so?!«

»Nein, ich ... das kann doch nicht ...«

Das machst du immer wieder, du kannst einfach nicht loslassen!

»Wirklich, ich –«

»Die erste ist Ihnen lästig geworden, da haben Sie sie durch eine neue ›Mia‹ ersetzt! Einen neuen ›Schatz‹! Habe ich nicht recht?!«

Mia ist tot! Sie kommt nicht zurück, sieh's endlich ein!

Samuel rieb sich die Schläfen, aber der unerträgliche Druck im Kopf wollte nicht weichen.

Du tust mir weh! Jedes Mal, wenn es wieder losgeht!
Kapierst du das nicht?!

»Oder war es vielleicht, weil das erste Opfer ein Baby bekommen hat?! Konnten Sie sie danach nicht mehr als ihr kleines Mädchen sehen?!«

»Nein, ich ...«

»Sie haben es noch eine Weile versucht, nicht wahr?! Sie haben das Kind entsorgt, so getan, als wäre alles wie vorher, aber es hat nicht geklappt!«

»Das ist ... nicht wahr!«

Ahrens' Augen funkelten. »Es mag schon eine Weile zurückliegen, wahrscheinlich länger als wir ursprünglich dachten. Aber wir finden die Leiche dieses Babys, Herr Holler – da können Sie sicher sein! Es ist nur eine Frage der Zeit ...«

Samuel wurde heiß. Dann mit einem Schlag eiskalt.

Sie kam aus meinem Bauch, hörte er das Mädchen, das nicht Mia war, im Krankenzimmer schreien.

»Aber die Mutter, das erste Opfer, die konnten Sie danach selbst in Ihrem Wahn nicht mehr als ›Mia‹ sehen! Deshalb haben Sie irgendwann aufgegeben und die kleine Hannah entführt, wollten noch mal von vorne anfangen!«

Es ist ein Kreis!

Samuel würgte trocken, hustete, kämpfte vergeblich gegen die Tränen. »Das kann doch nicht ...«

»Sie wollten das erste Opfer erschlagen, aber das hat nicht geklappt! Sie sind etwas aus der Form, nicht wahr, Herr Holler?!« Ahrens zeigte wieder dieses diabolische Katzengrinsen. »Sie ist Ihnen entwischt und abgehauen, wurde von einer Joggerin entdeckt, bevor Sie sie wieder einfangen konnten!«

»Ich ... nein!«

»Sie wurde in die Klinik gebracht, und *Sie* haben dafür gesorgt, dass sie Ihre Patientin wird, indem Sie uns und allen anderen dieses Märchen aufgetischt haben!«

»Nein, nein, ich hab wirklich geglaubt, dass —«

»Aber das war ein Fehler, Herr Holler! Sie haben sich damit von Anfang an verdächtig gemacht! Doktor Krause hatte ganz recht, dass er Sie nicht zu ihr lassen wollte!«

Samuels Hände fühlten sich plötzlich vollkommen taub an. »Nein, Moment, er hat ...« Das Gefühl breitete sich aus, kroch die Arme hinauf, in die Schultern, dann in die Brust.

»Ich erinnere mich genau, wie das Mädchen gestern, bei unserer ersten Befragung, am Tropf gerissen hat! Da konnte ich es noch nicht richtig einordnen, Herr Holler, aber jetzt weiß ich Bescheid. *Sie* haben ihr da was reingetan, damit sie innerlich verblutet! War es nicht so?!«

»Nein«, protestierte Samuel schwach und hatte dabei den Eindruck, er löse sich von innen heraus auf. »Das war doch ... dieser Mike. Ich ... hab nichts ... damit zu tun! Ich ...«

»Den Tod *dieses* Opfers konnten die Ärzte zum Glück verhindern«, sagte Ahrens in mahnendem Tonfall, »aber, Herr Holler, wenn Sie halbwegs glimpflich aus dieser Sache rauskommen wollen, dann müssen Sie uns jetzt sagen, wo Hannah ist!«

»Ich ... ich weiß ... es nicht.«

»Sagen Sie es uns! Wo haben Sie sie hingebracht?!«, brüllte der Kommissar Samuel an – aber der war längst gar nicht mehr richtig da.

Wie in Trance beobachtete er, wie sich Ahrens' Mund bewegte, aber es drangen keine Töne heraus. Die Augen der Raubkatze funkelten siegesgewiss.

Ich sitze in der Falle!

Samuel erlebte eine außerkörperliche Erfahrung. Er schwebte nach oben und betrachtete von dort aus das Häufchen Elend, das da vor den Kommissaren saß.

War dieser Mann wirklich der, den sie suchten? Der, der zwei Mädchen entführt, gefoltert und vergewaltigt hatte? Der ein Baby begraben, und eins der Mädchen, das, das schließlich zur Frau geworden war, beinahe umgebracht hatte?

Manische Menschen wissen nicht, dass sie krank sind ...

Während er zusah, aber nicht hörte, wie Ahrens den Mann unten anbrüllte, ging Samuel im Geist die Symptome der Manie durch.

Gereizte Stimmung.

Ruhelosigkeit.

Rededrang und rasende Gedanken.

Zerstreutheit.

Selbstüberschätzung und Größenwahn.
Gesteigerte Libido.
Unkontrollierter Alkoholkonsum.
Riskantes, ungehemmtes Verhalten.

Das alles passte. Und gleichzeitig nicht.

Obwohl Samuel jetzt erkannte, wie verrückt er sich in den vergangenen Tagen verhalten hatte – wie blind er sich in die fixe Idee hineingesteigert hatte, dass die junge Frau im Krankenzimmer seine verstorbene Tochter war –, war er sich dennoch absolut sicher: *Ich war das nicht!*

Denn es gab einen wichtigen Punkt, den Ahrens tatsächlich übersah: *Wenn ich ein Mädchen entführt und sie ›zu Mia gemacht‹ hätte, hätte ich ihr niemals etwas angetan!*

Samuel überkam eine innere Ruhe, wie er sie selten gespürt hatte. Und auch unten im Verhörraum veränderte sich jetzt etwas. Die Tür ging auf, ein Kerl Mitte dreißig streckte den Kopf herein und bewegte den Mund.

Samuel kämpfte sich zurück in den Körper, gerade als sich die Kommissare von den Stühlen erhoben.

»Wir sind gleich wieder da«, brummte Ahrens, ehe er und Petrowski den Raum verließen. »Denken Sie so lange darüber nach, Herr Holler.«

Die Tür fiel hinter den beiden ins Schloss – und Samuels Nervosität kehrte zurück. Er zweifelte nicht an seiner Unschuld. Aber die Lage, in der er sich befand, war natürlich dennoch äußerst prekär.

Alle Beweise sprechen gegen mich!

Er stand auf und wanderte im Verhörraum herum wie ein Tiger in Gefangenschaft. Von rechts nach links.

Von links wieder nach rechts. Und zurück. Schließlich blieb er vor dem Fenster, das er vorhin in Panik für einen Einwegspiegel gehalten hatte, stehen und starrte auf den mondbeschienenen Parkplatz hinaus.

Aber ich war es nicht!

Er kramte im Gedächtnis, versuchte verzweifelt, sich den vorgestrigen Abend doch in Erinnerung zu rufen. Aber nach dem Streit mit Nadine – *wegen ihrer Affäre mit Krause* – war da noch immer nichts als Schwärze. Und dieses eigenartige Gefühl, dass er danach nicht allein gewesen war.

Hatte er den oder die Täter gesehen? Vielleicht sogar die Tat beobachtet und ein Trauma davongetragen?

Kurz dachte er sogar darüber nach, ob man ihm etwas verabreicht haben könnte, das eine Amnesie auslöste. Aber er verwarf den Gedanken sofort wieder.

Er hatte sich dieses ominöse Mittel höchst selbst verabreicht, und es nannte sich Gin. Immerhin hatte er aufgrund *dieser* Absicht – zu vergessen – überhaupt erst mit dem Trinken begonnen.

Wer war im Haus?

Die Schwärze, die Samuel monatelang geschätzt und herbeigesehnt hatte, war ihm zum Feind geworden.

Krause?

Dieser Verdacht war, angesichts der Tatsache, dass die Patientin in der 712 *nicht* Mia war, eigentlich vom Tisch. Immerhin war Samuel nur deshalb von Krauses Schuld überzeugt gewesen, weil der Arzt sich fünfeinhalb Jahre nach dem Unfall noch an Mias Namen erinnern konnte

– was allerdings durch eine Affäre mit Nadine durchaus erklärbar war.

Aber irgendjemand hatte der jungen Frau ja schließlich Gerinnungshemmer verabreicht – und ihr Samuels Dienstausweis untergeschoben!

Wer war vorgestern Abend im Haus?!
Doch Krause? Mike?
Und Nadine?

Wie Samuel die Sache auch drehte und wendete, und in diesem Punkt war er sich ausnahmsweise sogar mit Ahrens einig: Nadine musste irgendwie mit drinstecken. Sie war mindestens eine Mitwisserin.

... wenn nicht Schlimmeres.

Selbst wenn Krause den Kommissaren die Wahrheit gesagt und Nadine nicht bloß ein Alibi verschafft hatte, wenn sie also vorgestern Abend *wirklich* nicht zuhause gewesen war, konnte sie unmöglich nichts davon mitbekommen haben, dass im Obergeschoss des Hauses – *jahrelang!* – zwei Mädchen gefangen gehalten wurden.

Irgendjemand muss den Täter ja auch ins Haus gelassen –
Samuel hörte, wie die Tür des Verhörraums aufging und drehte sich um.

Die beiden Kommissare kamen wieder herein.

Petrowskis Lächeln war verrutscht.

»Herr Holler«, Ahrens zog ein Gesicht, als sei jemand gestorben. »Sagt Ihnen vielleicht der Name Sarah Helmholtz etwas?«

51

Ich wache auf, weil ich spucken muss. Es kommt einfach so aus mir raus. Mein Bauch und der Kopf tun weh. Die Augen sind so schwimmig, dass ich gar nicht weiß, wo ich bin.

Ich spucke und spucke, und mein ganzer Körper spannt und zappelt. Bis ich einfach nicht mehr kann.

52

Sagt Ihnen vielleicht der Name Sarah Helmholtz etwas?

Samuel zögerte. Mit einem Mal dachte er wieder an die eigenartige Nachricht vom Vortag zurück – *Du bist nicht allein.*

Hatte Sarah ihn warnen wollen? Oder steckte sie in all dem mit drin?

»Herr Holler?« Ahrens schaute noch immer verdrießlich drein.

Dafür schien sich Petrowski inzwischen gefasst zu haben. Sie lächelte wieder.

»Ja, ich ...«, stammelte Samuel, während er versuchte, die Situation einzuschätzen.

Was sollte mir dieser Text sagen?! Und da war ja auch noch die Sache mit dem Foto!

»Wir ... wir hatten vor einiger Zeit eine Affäre.«

Ahrens schnaubte, sagte aber nichts.

Dafür ergriff seine Kollegin das Wort: »Herr Holler, Frau Helmholtz hat ausgesagt, Sie beide hätten vorgestern den Abend zusammen verbracht.«

Samuel sah Petrowski verwundert an. »Sie hat ...?«

... gelogen?!

Er war sich nicht sicher. *Konnte* nicht sicher sein, weil ja der ganze Abend im schwarzen Nebel lag.

Aber das kann doch trotzdem nicht stimmen!

»Ich ...« Er wollte protestieren, die Sache zumindest hinterfragen – als ihm plötzlich klarwurde, was Sarahs Behauptung für ihn und seine vertrackte Situation bedeuten könnte. Hoffnung keimte in ihm auf. »Heißt das etwa, ...«

Die Kommissarin nickte langsam, dann kräuselte sie die Lippen. »Wir gehen davon aus, dass die Aussage des ersten Opfers Folge ihres Traumas war. Sobald es ihr besser geht, werden wir sie erneut befragen.«

»Sie ...«, stammelte Samuel fassungslos, »Sie glauben mir, dass ich es nicht war!«

Endlich!

Ein weiteres zögerliches Nicken. »Die Kollegen von der KTU haben keinerlei Spritzspuren in Ihrem Haus finden können, wie sie nach einem tätlichen Angriff wie dem vorgestern zu erwarten wären. Wir sind inzwischen zu der Überzeugung gelangt, dass es sich bei Ihrem Haus nicht um den Ort handelt, an dem das Opfer verprügelt wurde.«

Petrowski hatte noch immer ihr eingeübtes Lächeln im Gesicht, aber irgendetwas in ihrer Miene machte Samuel stutzig. Ihn beschlich das leise Gefühl, dass die Frau nicht die ganze Wahrheit sagte.

Irgendetwas stimmt doch hier nicht! Gleich zaubert sie irgendeinen anderen, angeblichen Beweis hervor!

Sein Puls raste. Er hoffte sich zu irren, hoffte, dass die Kommissare ihm tatsächlich endlich Glauben schenkten, schaute zu Ahrens und versuchte, die Wahrheit in seinem Gesicht zu lesen.

Die Raubtieraugen funkelten nicht mehr. »Sie dürfen gehen, Herr Holler«, brummte der Kommissar sichtlich missmutig – und die Erleichterung, die Samuel durchflutete, schwemmte alle Bedenken weg.

***

Wenige Minuten später trat Samuel aus dem Revier hinaus. Auf dem Bordstein blieb er stehen und sog tief die frische Nachtluft in die Lunge. Er fröstelte in seiner Übergangsjacke, auch deshalb, weil ihm die vergangenen Stunden – *ach was, Tage!* – schwer zugesetzt hatten. Er fühlte sich matt und ausgelaugt, gleichzeitig peitschte noch immer Adrenalin durch seinen Körper.

Er zog das Handy aus der Tasche und sah auf dem Display eine neue Nachricht von Norbert, eingegangen vor etwa zwei Stunden: »Negativ. Tut mir leid, Junge.«

Eine Gruppe Halbstarker torkelte grölend vorbei.

Samuel beachtete sie nicht. Er öffnete den gesamten Whatsapp-Chatverlauf mit seinem Schwiegervater und betrachtete das Daumen-hoch-Emoji über dem neuen Text, dann die von ihm selbst am Morgen versandte Nachricht: »Ich lege die benötigten Dinge in die oberste Schreibtischschublade.«

Er wollte mir nur sagen, dass es okay war, dass ich die DNA-Proben dort versteckt habe. Mehr nicht.

Samuel fühlte sich ein weiteres Mal wie ein Vollidiot. Blindlings war er dieser fixen Idee gefolgt, hatte sich von nichts und niemandem von der Wahrheit überzeugen lassen – und das einzig und allein, weil die Unbekannte Mia nun mal ähnlich sah.

Und weil …

Er zögerte, erinnerte sich an die allererste Begegnung im Krankenzimmer zurück, spielte sie in Gedanken noch einmal durch.

Er stand vor dem Bett. Die Unbekannte stöhnte und wimmerte, war kaum ansprechbar. Er redete auf sie ein, versuchte sie zu beruhigen, sie riss die Augen auf und –

»Samuel!«

Sie hatte ihn beim Namen genannt. Dass sie den vom Dienstausweis abgelesen haben sollte – *im Delirium!* – hatte er schon gestern für unwahrscheinlich gehalten. Und war da nicht auch eine Veränderung in ihrem Gesichtsausdruck gewesen? Ganz so, als habe sie ihn erkannt? Oder redete er sich das jetzt auch wieder nur ein?

Das ergibt doch alles hinten und vorne keinen Sinn!

Samuel stöhnte, steckte das Handy weg und wollte sich auf den Weg machen, obwohl er selbst nicht recht wusste, wohin.

Ich brauche Schlaf! Dann sehe ich auch keine Tatorte mehr, wo keine sind!

In seinem Haus in Zehlendorf waren bestimmt noch Polizisten und packten den Kram von der Durchsuchung zusammen. Denen wollte er auf keinen Fall über den Weg laufen. Wobei es irgendwie auch tröstlich war, dass die Kommissare demselben Irrtum erlegen waren wie er und Mias altes Zimmer für den Tatort gehalten hatten. Zum Glück hatte sich die Sache aufgeklärt.

Aber ... woher kommt dann der Blutfleck?! Und die Fußabdrücke auf dem Dachboden?!

Er runzelte die Stirn, dachte noch einmal darüber nach, was Petrowski gesagt hatte.

Wir sind inzwischen zu der Überzeugung gelangt, dass es sich bei Ihrem Haus nicht um den Ort handelt, an dem das Opfer verprügelt wurde.

Irgendetwas in ihrer Mimik war falsch gewesen. So als traue sie Samuel trotzdem nicht über den Weg. Als verschweige sie ein Detail, das –

Moment mal!

Die Kommissarin hatte erklärt, die vorgestrige Attacke könne nicht im Haus stattgefunden haben. Aber war es nicht möglich, dass der Fleck von einer älteren Verletzung stammte? Dass die Unbekannte doch dort gefangen gehalten, aber irgendwann vor dem Übergriff hinausgeschafft worden war und dann –

Dann hätten sie mich nicht gehen lassen!

Samuel stöhnte ein weiteres Mal und verwarf den Gedanken.

Ich spinne mir schon wieder was zusammen!

Wäre da etwas dran, hätten Petrowski und Ahrens ihn sicherlich nicht einzig aufgrund von Sarahs Aussage, sie sei an dem Abend bei ihm gewesen, auf freien Fuß gesetzt. Im Gegenteil: Seine Ex-Geliebte hätte sich sogar ebenfalls verdächtig gemacht.

Warum hat sie überhaupt behauptet, dass sie bei mir war?! Das ist doch –

»Hey!«

Samuel fuhr herum. »Sarah!«

Sie trat aus dem Eingangsbereich des Polizeireviers zu ihm heraus und lächelte. »Ich hab gerade meine Aussage unterschrieben.«

Eine Lüge!?

Er packte Sarahs Arm, zog sie unsanft mit sich, den Gehweg entlang.

»Samu! Was machst du denn da?!« Sie versuchte sich loszumachen, aber ihr fehlte aufgrund der zarten Statur eindeutig die Kraft.

Er riss sie weiter mit, schwieg.

Einige nächtliche Passanten warfen den beiden Blicke zu, aber Samuel scherte sich nicht darum.

»Was ist denn los?!«

Erst als er mit Sarah im Schlepptau die nächste Querstraße erreicht hatte, fühlte er sich sicher genug zu antworten. »Sag du mir doch, was hier los ist!« Er behielt den festen Griff bei. »Woher weißt du von dieser ganzen Sache?!«

Sie runzelte die Stirn. »Ich wurde angerufen und aufs Revier gebeten. Die wollten wissen, in welcher Art von Verhältnis wir beide zueinander stehen.«

Wer hat den Kommissaren von ihr erzählt?

Sarah versuchte sich ein weiteres Mal loszumachen. »Verrätst du mir mal, was dein Problem ist?!«

Samuels Griff wurde noch fester. »Du hast die Polizei angelogen!«

Ihre Augen weiteten sich. »Ganz ehrlich, Samu: Du hast sie nicht mehr alle! Du brauchst dringend selber 'ne Therapie! Und einen Entzug! Du warst ja schon völlig blau, als ich dich vorgestern abgeholt habe!«

Samuel schnaubte. »Was soll das heißen, ›abgeholt‹?«

Jetzt machte Sarah wirklich ein Gesicht, als stünde sie einem Irren gegenüber. »Wir waren im *Shamrock*. Weißt du das nicht mehr?«

Nein, das kann nicht stimmen ...

»Blödsinn! Warum sollten wir ...?!«

»Du hast mich sturzbetrunken angerufen – um halb sieben. Hast gesagt, ich soll kommen, und das hab ich gemacht. Als ich ankam, hast du in der Einfahrt gehockt und wolltest unbedingt in den Pub.«

Ist das wahr?!

Er ließ ihren Arm los, griff in die Jackentasche, zog das Handy heraus und kontrollierte die Anruf-Liste.

Tatsächlich! 18:23!

Samuel ließ das Handy sinken und hörte gebannt zu.

»Im Pub hast du weitergebechert und mir heulend erzählt, dass Nadine was mit einem Arzt hat, Graus oder so ähnlich.«

Ich wusste es!

Sarah wirkte mit einem Mal traurig. »Du hast immer wieder gesagt, du hättest dich damals für mich entscheiden sollen! Und dass uns eine ewige Liebe verbindet!« Jetzt grinste sie, obwohl noch immer Melancholie in den Augen lag. »Du hast in deinem Suff den Barmann mit einem Priester verwechselt, weil er ein schwarzes Hemd mit weißem Kragen anhatte, und ihn gefragt, ob er uns trauen kann!«

Deshalb haben die Kommissare mich gehenlassen, begriff Samuel. *Weil es außer ihr noch jemanden gibt, der bezeugen kann, dass ich es nicht war!*

Jetzt schoss ihm seine Theorie zum Blutfleck in Mias Zimmer wieder durch den Kopf.

War das also doch das, was Petrowski mir verschwiegen hat?! Dass die Unbekannte in meinem Haus gefangen war?! Dass sie jemand geholt und draußen verprügelt hat?!

Irgendetwas störte ihn an dieser Schlussfolgerung, aber er hatte keine Gelegenheit darüber nachzudenken, weil Sarah bereits weitersprach.

»Ich hab dich spätnachts nach Hause gebracht, und du warst total fertig. Hast ganz viel von Mia geredet und geweint. Es hat mir echt wehgetan, dass ich nicht bei dir bleiben und für dich da sein konnte. Deshalb hab ich dir dann am Morgen zumindest geschrieben …«

Du bist nicht allein.

Ihre Miene verfinsterte sich. »Aber da hattest du dir die Sache mit der ewigen Liebe zwischen uns wohl schon wieder anders überlegt ...« Sie schluckte. »Ganz ehrlich, Samu: Mir reicht's!«

Im Licht der Straßenlaterne sah Samuel, wie Sarah eine Träne die Wange hinabkullerte.

»Ich hätte alles für dich gemacht!«

Liebe, die nicht Wahnsinn ist, ist keine Liebe, schoss es ihm durch den Kopf – und gleich danach: *Das hat auch die Unbekannte gesagt!*

»Ich hätte dich geheiratet«, heulte Sarah, »und wäre sogar mit dir in eine andere Stadt gezogen! Ich hätte –«

Der Umzug!

Was seine ehemalige Geliebte noch alles für ihn getan hätte, hörte Samuel nicht mehr, weil ihn die Erkenntnis, von wem er das Zitat zum ersten Mal gehört hatte, wie ein Schlag traf.

53

Es gab kein Vertun. Genau diesen Satz, wahrscheinlich aus einem Ethikbuch, hatte die neunzehnjährige Nadine ihren Eltern als Rechtfertigung entgegengebrüllt, damals, als sie nach dem Abi entschieden hatte, mit Samuel nach Heidelberg zu ziehen.

Liebe, die nicht Wahnsinn ist, ist keine Liebe!

Und genau das hatte auch die unbekannte Patientin gesagt. Das konnte doch unmöglich ein Zufall sein!

Die vielen Fotos in Mias altem Zimmer. Der Blutfleck. Die Fußspuren. Alles passte.

Nadine ist diejenige, die sich durch die Entführungen ›neue Mias‹ geschaffen hat, nicht ich!

Und Krause muss ›Papa‹ sein!

»Bist du mit dem Auto da?!«, heischte Samuel Sarah an, viel schärfer als beabsichtigt.

Sie verzog das tränennasse Gesicht. »Sag mal, interessieren dich meine Gefühle überhaupt nicht?!«

»Doch«, beeilte er sich zu sagen, während er vor lauter Ungeduld die Hände zu Fäusten ballte. »Und wir müssen bei Gelegenheit unbedingt darüber sprechen. Aber jetzt muss ich mit Nadine reden!«

»Und ich soll dich zu ihr fahren, oder was?!« Sarah sah ihn an, als habe er den Verstand verloren.

... und vielleicht tue ich genau das auch gleich!

»Hör mal, ich weiß, das klingt völlig verrückt, aber ich bin absolut sicher, dass Nadine irgendwie in dieser Sache, wegen der wir heute befragt wurden, drinsteckt!«

Sarah hob eine Augenbraue, sagte aber nichts.

»Bitte! Ein achtjähriges Mädchen ist in Gefahr!«

Sie wirkte immer noch skeptisch, griff aber in ihre Jackentasche und zog einen Autoschlüssel hervor. »Also gut. Wohin soll ich dich fahren?«

Samuel zögerte.

Krause muss Hannah zu sich nach Hause geschafft haben!

Eine andere Möglichkeit fiel ihm nicht ein. Allerdings hatte er nicht die leiseste Ahnung, wo Krause wohnte. Laut Ahrens war der gerade ja nicht einmal in der Stadt.

Und ja, Herr Holler, das haben wir überprüft! Wir machen unseren Job verdammt gründlich!

War Nadine bei Hannah?

Oder hatte sie das Mädchen allein gelassen und sich bei ihrem Vater verkrochen, wie sie es in ihrer Nachricht behauptet hatte?

»Fahr mich nach Dahlem«, entschied Samuel.

Wenn Nadine nicht bei Norbert ist, weiß der vielleicht, wo Krause wohnt.

***

Während Sarahs kleiner Fiat durch die Nacht brauste, herrschte im Wageninneren Schweigen.

Samuel fühlte sich, als sei er völlig unvorbereitet einen Marathon gelaufen. Jeder einzelne Muskel seines Körpers schmerzte, signalisierte dringenden Ruhebedarf. Sein Schädel dröhnte, und das Herz schien immer wieder kurz aus dem Takt zu geraten.

Aber ich darf nicht aufgeben! Jetzt kommt der Sprint!

Er versuchte, sich auf die vor ihm liegende Aufgabe vorzubereiten, war aber gleichzeitig auch immer noch damit überfordert, die vielen Schläge zu verarbeiten, die in den vergangenen beiden Tagen auf ihn eingeprasselt waren.

Ich schaffe das! Es ist nur noch ein kleines Stück!

Und danach kann ich Pause machen. Alles überdenken. Vielleicht sogar einen Neuanfang wagen ...

Er schielte zu Sarah hinüber, die stur geradeaus durch die Windschutzscheibe starrte. Die Augenpartie wirkte noch immer etwas aufgequollen von den Tränen. Die Lippen waren fest aufeinandergepresst.

Samuel räusperte sich. »Wenn das alles vorbei ist, dann reden wir noch mal ganz in Ruhe. Einverstanden?«

Sie nickte langsam, sagte aber nichts.

»Es tut mir leid. Das mit vorgestern ...«

Hätte ich mich nicht so zulaufen lassen ... dann wäre das alles nie passiert!

Sarah schwieg.

Er wusste, er hatte sie verletzt. Wusste, dass sie zurecht sauer war. Aber die Erschöpfung machte ihn ungehalten. »Du hast dir aber auch ganz schön was geleistet«, patzte er Sarah an. »Das mit dem Foto hätte wirklich nicht sein müssen!«

Sie drehte den Kopf ein Stück in Samuels Richtung, runzelte die Stirn. »Welches Foto?«

Samuel stöhnte. Ihm fehlte für derlei Diskussionen jetzt wirklich die Geduld. »Stell dich nicht dumm! Ich weiß, dass du das Bild gemacht und den Umschlag vor unsere Haustür gelegt hast!«

Sarah konzentrierte sich wieder auf die Straße, aber er konnte dennoch die Verwirrung in ihrer Miene sehen. »Samu, ich hab keinen Schimmer, wovon du da eigentlich redest!«

Aber ...

Ihm dröhnte noch immer der Schädel. »Na, wieso bist du denn bitte sonst«, er deutete mit den Fingern Gänsefüßchen an, »*ganz zufällig* gestern Morgen vor der Klinik aufgetaucht?!«

Jetzt wirkte sie verärgert. »Hab ich doch gesagt: weil ich einen Termin hatte!« Sie setzte den Blinker und fügte anschließend in leicht verändertem Ton hinzu: »Hieß es jedenfalls ...«

Samuel konnte die Bemerkung nicht recht einordnen, wartete, bis Sarah den Wagen um die Kurve gelenkt hatte und von selbst weitersprach.

»Ich wollte grade los zur Arbeit, da ruft mich 'ne Frau aus der Klinik an und fragt, wo ich denn bleibe, ich hätte doch vor zehn Minuten einen Kontrolltermin gehabt! Ich bin sofort los – und vorne dran dir in die Arme gerannt ... na ja, oder sagen wir: andersherum. Du warst ja völlig fertig, also hab ich mich erstmal um dich gekümmert und dich nach Hause gebracht.«

Samuel runzelte die Stirn.

Das kann doch kein Zufall gewesen sein!

»Ich kenn mich in Dahlem nicht so gut aus«, sagte Sarah. »Ist es die hier oder die nächste?«

»Die übernächste Kreuzung.«

Sie hatten beinahe das Ziel erreicht. Samuel wurde wieder nervös. Er fühlte sich völlig unvorbereitet. Ihm dröhnte immer noch der Schädel, und jetzt war ihm auch ein wenig schwindlig.

»Jedenfalls«, erzählte Sarah weiter, »bin ich danach zur Klinik, damit ich einen neuen Termin ausmachen kann.

Aber die in der Onko hatten keine Ahnung von einem verpassten Termin am Morgen. Die nächste Kontrolle ist erst im August.« Sie betätigte den Blinker und bog ab. »Welches Haus ist es denn?«

Eine Frau hat sie angerufen.

Nadine?

Aber das ergibt doch überhaupt keinen Sinn!

Das Chaos in Samuels Kopf vergrößerte sich nur noch. Falls Nadine tatsächlich hinter dem Anruf und dem Foto steckte, dann war sie eine wirklich begnadete Schauspielerin. Immerhin hatte sie Samuel deswegen am Abend eine filmreife Szene gemacht.

Aber wer dann? Hat Krause jemanden beauftragt? Um Nadine ganz für sich zu gewinnen?

»Samu?!«

Er zuckte zusammen. »Ja?«

»Welches Haus ist es?«

»Das da.« Er zeigte zur Windschutzscheibe hinaus auf Norberts Villa, und sein Puls beschleunigte sich.

Jetzt kommt der Sprint!

Sarah hielt am Straßenrand, und Samuel stieß hastig die Autotür auf. »Danke fürs Fahren! Ich melde mich!«

Sie hielt ihn am Arm zurück, ehe er aussteigen konnte. »Soll ich nicht lieber hier warten?«

Er dachte eine Sekunde darüber nach und entschied, dass er mit Nadine schon allein fertig werden würde. Sie zu reizen, indem er seine Geliebte mitbrachte, war mit Sicherheit keine gute Idee. Außerdem war Norbert ja auch noch da.

»Nein. Schon okay. Fahr nur!« Samuel stieg aus und knallte die Tür hinter sich zu.

Er hastete die Einfahrt hinauf, bis zur Eingangstür und presste den Daumen auf den Klingelknopf.

Drinnen erscholl ein melodisches Läuten. Wieder und wieder. Nach einer gefühlten Ewigkeit ging endlich die Tür auf.

»Ja?« Norbert trug einen rot-braunen Morgenmantel und blinzelte Samuel aus schlaftrunkenen Augen an. »Was machst du denn hier?« Er rieb sich die Wange. »Wie spät ist es überhaupt?«

»Ist Nadine hier?« Ohne eine Antwort abzuwarten, quetschte sich Samuel an seinem Schwiegervater vorbei. »Nadiiiiine?!«, brüllte er aus vollem Hals.

Keine Antwort.

»Was ist denn mit dir los, Herrgott nochmal?! Sie ist nicht hier!«

»Nadiiiiine?!« Er ließ sich nicht beirren und ging die Treppe hinauf.

»Jetzt warte doch!« Norbert eilte ihm nach. »Was ist denn passiert?! Habt ihr euch gestritten?«

»Nadiiiiine?!« Jetzt stand Samuel direkt vor Nadines früherem Kinderzimmer.

»Sie ist nicht hier, das sagte ich doch!«

Außer dem Keuchen seines Schwiegervaters war kein Laut im Haus zu hören.

Sie ist also doch bei Hannah!

Irgendwo in Berlin ...

»Hast du Krauses Adresse?!«

Norbert wirkte noch verwirrter als zuvor. »Ich ... nein, nicht hier. Sie steht in den Personalakten, aber ...« Er seufzte. »Ich hab mir schon gedacht, dass Nadine was mit ihm haben könnte ...« Er machte eine kurze Pause, schien nachzudenken, und Samuel hoffte, dass ihm vielleicht doch noch einfiel, wo Krause wohnte.

Aber stattdessen sagte sein Schwiegervater: »Wenn ihr euch gestritten habt, dann solltest du sie erstmal runterkommen lassen. Ich kenne meine Tochter. Das aufbrausende Temperament hat sie von ihrer Mutter.« Er lächelte Samuel aufmunternd an. »Aber Nadine meint das ganz sicher nicht so.«

»Du verstehst das nicht, wir müssen –«

»Es ist«, sprach Norbert weiter, als habe er den Einwand gar nicht gehört, »wie ich immer sage: Liebe, die nicht Wahnsinn ist, ist keine Liebe.«

Samuel erstarrte, begriff seinen Fehler.

Papa sagt ...

Er fuhr herum, stieß die Tür zu Nadines ehemaligem Zimmer auf, schaltete das Licht ein – und spürte einen Nadelstich seitlich am Hals.

Nein!

Er wollte sich wehren, aber mit einem Schlag wurden die Gliedmaßen ganz schwer. Er taumelte herum, dann ein paar Schritte nach hinten – und kippte rücklings auf die blutbefleckte Matratze.

»Ach, Junge ...« Norbert trat zu ihm ans Bett. »Bisher hast du doch so brav mitgespielt!«

Nein! Das darf nicht wahr sein!

Samuel war hellwach. Aber er konnte keinen einzigen Muskel regen.

54

Ich blinzle – und es ist Tag!

Auf dem Boden vor mir ist ganz viel Spucke, aber es sind keine Brocken drin, wie sonst. Mein Bauch tut noch weh, der Kopf auch. Überhaupt mein ganzer Körper. Und immer noch müde bin ich auch.

Also bleibe ich liegen, in der Ecke, wo drunter das Zimmer ist, in das ich nicht darf.

Ich hör nach Geräuschen, aber da kann ja keins sein.

»Ich vermisse dich«, flüstere ich leise.

Und ich wünsch mir ganz fest, dass es ist wie *vorher*. Da war alles viel schöner – weil Mama noch bei mir gewohnt hat.

55

»Du musst mir glauben, Junge ...« Norbert wirkte fast ein wenig betrübt. »So war das alles nicht geplant.«

Samuel bemühte all seine Kräfte, aber er war noch immer völlig bewegungsunfähig, brachte nichts als ein trockenes Krächzen hervor.

»Ich wollte dich da wirklich nicht mit reinziehen ...« Plötzlich veränderte sich der Gesichtsausdruck seines Schwiegervaters. In den Augen funkelte etwas fast schon Diabolisches. »Aber du wolltest ja einfach nicht lockerlassen! Dabei habe ich dir doch gleich gesagt, dass das Miststück nicht Mia ist!«

Das hatte Samuel inzwischen auch begriffen. Aber – wer war sie dann?

Verdammt, wer?

Er rollte die Augen herum und entdeckte Blutspritzer an der Wand.

Hier wurde Jane verprügelt! In diesem Zimmer!

»Sie war wirklich ein Biest! Hatte ständig Flausen im Kopf! In den letzten Jahren musste ich sie sogar immer wieder hier am Bett anketten, damit sie nicht wieder was anstellt!«

Sie war hier?! Aber was ist mit dem Blut und den Fußspuren in meinem Haus?

»Und dann ist sie mir vorgestern nach der Bestrafung auch noch abgehauen! Dass *du* sie für Mia halten würdest, sobald du sie siehst, war mir schon klar.« Norberts Miene bekam etwas Trotziges. »Wenn Krause nur seinen verdammten Job gemacht und deinen Dienstplan rechtzeitig aktualisiert hätte!«

Ich war an dem Morgen in Zimmer 712, weil ...

Die Räuber!

Schlagartig durchzuckte Samuel eine Erkenntnis, die sein gesamtes Bild der Ereignisse verschob.

Nadine hat mir das Buch ein paar Tage vorher rausgesucht ... auf dem Dachboden! Und sie hatte gestern Morgen Nasenbluten, nachdem sie geweint hatte ... wegen Mia! In ihrem Zimmer!?

Samuel blinzelte ungläubig, als er begriff, dass er die ganze Zeit über völlig auf dem Holzweg gewesen war. Nadine hatte nicht im Mindesten etwas mit all dem zu tun. Die ganze Zeit über war es Norbert gewesen, der die Mädchen gefangen gehalten und misshandelt hatte.

»Immerhin«, schmunzelte der gerade, »hat der gute Krause danach redlich versucht, dich von ihr fernzuhalten. Der gute Doktor hat sich Sorgen gemacht, dass du seiner Patientin nicht guttust. Schon lustig, wie ihr beide euch gegenseitig verdächtigt habt! Und dabei ist sie euch beinahe unter den Fingern weggestorben!«

Die Gerinnungshemmer, das defekte EKG-Gerät! Das war nicht Krause! Das war Norbert!

»Aber du musstest ja jedes Mal dazwischenfunken!«, schimpfte der, als wisse er um Samuels Gedanken. Er wandte sich ab, verschwand für einen kurzen Moment aus Samuels Blickfeld, dann kehrte er zurück, mit einer

Tasche in der Hand. »Und jetzt«, mit einem Ratsch riss er den Reißverschluss auf, »jetzt, mein Junge, kann ich dich nicht mehr gehen lassen.«

Was hat er vor? Will er mich …

»Ich lege dir jetzt einen Zugang«, sagte Nobert und zog ein entsprechendes Set aus der Tasche hervor. »Und dann hast du deinen geliebten Alkohol wieder.«

Entsetzen machte sich in Samuel breit. Er wollte sich wehren, um sich schlagen, aufstehen, davonrennen, doch er konnte sich nicht vom Fleck rühren.

Nicht einmal schreien konnte er. Kein Wort kam aus seinem Mund, nur ein hilfloses Röcheln.

Nein! Verdammt, nein, damit kommst du nicht durch!

»Alle werden denken, du hättest dich totgesoffen, von Schuld und Reue geplagt. Keiner wird mich verdächtigen.« Norbert hielt eine Kanüle zwischen den Fingern, senkte sie zu Samuel herab.

Der versuchte erneut, sich wegzudrehen – vergebens. Was immer ihm sein Schwiegervater gespritzt hatte, es hatte ihn zu einem machtlosen Bündel werden lassen.

»Du kannst das Miststück im Himmel wiedersehen. Ich hab ihr versprochen, wenn sie dich beschuldigt, dann bleibt sie am Leben und ich bringe die kleine Hannah zu ihr … Da hab ich wohl gelogen.« Norberts Miene veränderte sich ein weiteres Mal – und Samuel erkannte, dass er sich tief in einer manischen Episode befand.

Ich habe keine Chance!

»Mutterliebe ist doch etwas Schönes, nicht wahr?!«

Die Unbekannte ist Hannahs Mutter?!

Norbert schloss die Infusion am Zugang an, und eine klare Flüssigkeit tropfte aus dem Beutel in den Schlauch, rann langsam hinunter zur Kanüle und verschwand in Samuels Arm.

Der konnte es noch immer nicht fassen. Ausgerechnet Norbert. Sein Schwiegervater. Der einzige Mensch, dem er noch vertraut hatte!

Wie konnte ich mich nur so in ihm täuschen?

Aber welche Rolle spielte das noch? Samuel glaubte zu spüren, wie die Flüssigkeit in seinem Körper zu wirken begann.

Alle werden denken, du hättest dich totgesoffen.

Und er konnte nichts dagegen tun.

Nein! Bitte, nein!

Sein Schwiegervater schaute auf einmal melancholisch, wirkte geistesabwesend. »Weißt du, Samuel, die Erste, meine kleine Maggie, die war etwas Besonderes ... vielleicht, weil sie von der Straße kam. Die wusste zu schätzen, was ich ihr geboten habe. Sie hat ein Baby bekommen, und wir waren eine heile Familie. Aber wenn sie zu groß werden, dann werden sie bockig. So war's bei Maggie und auch bei unserer Tochter, dem Miststück, das du für Mia gehalten hast.«

Jane wurde nicht entführt! Und Hannah auch nicht.

Samuel wurde übel.

Es ist ein Kreis, hörte er Jane in seinem Kopf kreischen.

Und auf die Frage, wo sie all die Zeit gesteckt hatte, hatte sie geantwortet: *Zuhause. Da wo ich immer war.*

Was war ich nur für ein Vollidiot!

Norbert räusperte sich. »Ich unternehme wohl mit Hannah einen neuen Versuch ...« Er drehte sich um und verschwand aus Samuels Blickfeld.

Der versuchte zu strampeln, war aber noch nicht einmal zu einer winzigen Regung fähig.

Schritte entfernten sich. Ein Klappern ertönte, gefolgt von einem Knarzen, wie von einer Holzleiter.

Sekunden später hallte ein markerschütternder Schrei durchs Haus.

Hannah!

Alles in Samuel zog sich zusammen.

56

Mit aller Macht kämpfte Samuel gegen die Paralyse an. Vergeblich. Unverändert rann die Flüssigkeit durch den Schlauch und in seinen Arm, raubte ihm alle Kraft, seine Sinne – und würde ihm bald auch das Leben nehmen.

Das lasse ich nicht zu!

Doch so sehr er sich bemühte, er lag wie gelähmt auf der Matratze, unfähig zu verhindern, dass die Welt vor seinen Augen verschwamm, dass Norberts Schritte und Hannahs Schreie sich immer weiter entfernten und –

Plötzlich hörte Samuel, wie im Erdgeschoss Glas zersplitterte. Dann Schritte, die sich ihm rasch näherten.

Kurz darauf schob sich ein Schemen vor seinen trüben Blick. Eine Stimme drang zu ihm durch. »Gott, Samu!«

Sarah!, wollte er erleichtert rufen, doch wieder bekam er kein Wort über die Lippen.

»Was ... was ist mit dir?«, hörte er sie fragen. »Was hat er mit dir gemacht?«

Er glaubte zu spüren, wie sie an seinem Arm herumnestelte und die Infusionsnadel entfernte.

»Nur gut«, sie ächzte, »nur gut, dass ich doch dageblieben bin.«

Für einen Moment klärte sich sein Blick – und in derselben Sekunde bemerkte er Norbert im Flur.

Sarah, wollte er schreien, *pass auf!*

Etwas in seinen Augen schien Sarah zu alarmieren. Erschrocken wirbelte sie herum. Zu spät.

Norbert sprang auf sie zu, packte sie am Arm und schleuderte sie quer durch den Raum.

Mit einem Schmerzensschrei krachte Sarah gegen den Schrank. Für den Bruchteil einer Sekunde schien sie wie betäubt.

Schon war Nobert wieder bei ihr.

Sarah versuchte ihn von sich zu stoßen, doch noch immer war sie benommen, außerdem zu klein, zu dünn und viel zu schwach, um in einem solchen Kampf zu bestehen.

Norberts Hände legten sich um ihre Kehle und pressten zu.

Verzweifelt strampelte sie mit den Armen, doch die Hiebe gingen ins Leere. Ihr Kopf lief hochrot an, sie keuchte und würgte. Ihre Bewegungen wurden immer kraftloser, schwächer und –

»Aufhören!«, brüllte eine Frauenstimme.

Petrowski stürmte in Samuels Blickfeld.

Sie packte Norbert und riss ihn von Sarah weg, die mit einem Japsen zu Boden sackte.

Die Kommissarin bog Norberts Arm auf den Rücken, stieß ihn zu Boden und legte ihm Handschellen an. »Herr Weigel, Sie sind hiermit festgenommen.«

Noch während sie sprach, tauchte Ahrens' Kopf über Samuel auf. »Ich wusste, wenn wir Sie laufenlassen, dann würden Sie uns früher oder später zu Hannah führen ...« Er zog eine betretene Miene und deutete auf Norbert, der sich in Petrowskis festem Griff am Boden wand. »*Das* allerdings habe ich nicht erwartet.«

»Keine Ursache ...«, krächzte Samuel.

57

Alles tut weh.

Blaue Blitze zucken über den Himmel, so als wäre abwechselnd Blaue Stunde und dann wieder Nacht.

Ich liege auf dem Rücken wie ein Käfer. Bloß zappeln kann ich nicht. Nicht einmal den Kopf drehen. Dabei muss ich doch schauen, wo Papa ist.

»Beeilen Sie sich«, ruft eine Frauenstimme. »Das Mädchen braucht Hilfe!«

»Papa«, sage ich, aber ich bin gar nicht sicher, ob mich jemand hört. Also noch mal lauter: »Papa!«

Grade war er noch da. Oder nicht?

Ich kann mich nicht konzentrieren. Es tut so weh.

»Schhhh«, macht die Frau. »Alles wird gut.«

Aber das ist eine Lüge!

Mir wird plötzlich ganz kalt.

Ich will, dass alles wie vorher ist!

Habe ich das laut gesagt oder nur in meinem Kopf? Ich weiß es nicht, ich bin ganz durcheinander.

Papa, will ich schreien, aber es kommt nichts raus. Meine Zunge ist zu schwer.

»Bitte«, kreischt die Frau, »helfen Sie ihr! Sie reagiert schon gar nicht mehr!«

Das stimmt doch gar nicht!

Es rumst und klappert. Ein Männergesicht taucht über mir auf. Dann wird es schrecklich hell. Der Mann leuchtet mir ins Gesicht, erst rechts, dann links. »Pupillen isokor«, sagt er, und ganz viele andere Wörter, die ich nicht kenne. Er wickelt etwas um meinen Hals, das mir den Kopf hochschiebt. Jetzt sehe ich nur noch blau flackernde Bäume.

»Bleib bei uns, Kleine!«

Etwas drückt auf meine Schultern, dann die Ellenbogen, Hände, Hüfte, Knie und Füße. Alles tut weh.

»Kleiner Pieks.«

Etwas sticht mich in den Arm.

»Bald sind die Schmerzen weg.«

Ich bin so müde. Aber ich darf nicht einschlafen.

Du schaffst das, flüstert mir Mama ins Ohr. Aber das kann gar nicht sein, weil sie ja gar nicht mehr da ist. *Reiß dich zusammen!*

Das mache ich. »Papa«, presse ich raus, obwohl mir die Augen zufallen und ich kaum noch Luft bekomme. »Wo ist mein Papa?«

Er muss mir doch sagen, ob das Monster sind! Ich bin ja jetzt draußen, obwohl ich nicht will.

Ich bekomme so große Angst, ich muss weinen.

»Alles wird gut, Hannah«, sagt ein Mann – und seine Stimme klingt komisch, aber ich erkenne sie doch.

›Samuel‹ hat Papa ihn genannt!

Er muss ein guter Mensch sein. Er durfte ins Haus.

Häufig tut man Gutes,
um ungestraft Böses tun zu können.

FRANÇOIS VI.
HERZOG DE LA ROCHEFOUCAULD

Exklusive Einblicke in den Alltag als Thriller-Autorin, spannende True Crime-Stories, Buchtipps und vieles mehr gibt's jetzt per Mail:

»the DARK side of life«
Jeden Monat neu. Selbstverständlich kostenlos.

Jetzt anmelden auf
www.emelydark.com

EMELY DARK

LAUERNDE STIMMEN

PSYCHOTHRILLER

WEM KANNST DU NOCH TRAUEN?!

In Berlin wird die blutüberströmte Leiche eines Villenbesitzers gefunden. Für Kommissar Volker Jansen ist der Fall schnell klar. Doch der Verdächtige kann sich an nichts erinnern. Nur die Stimme in seinem Kopf kennt die Wahrheit.

Indes gerät die 18-jährige Sandra an einen verschrobenen Nachbarn – und lüftet ein Geheimnis, das besser im Verborgenen geblieben wäre.

»Spannender geht nicht!«
Martin Krist

»Einer der besten Psychothriller,
die ich in letzter Zeit lesen durfte.«
Amazon-Rezensentin

EMELY DARK

VERBORGENE SCHREIE

PSYCHOTHRILLER

»SING, BABY, SING UM DEIN LEBEN!«

Julias Leben ist perfekt. Sie hat ein Vermögen geerbt und den Traummann geheiratet. Jetzt startet die gemeinsame Musikkarriere durch, die Fans liegen ihnen zu Füßen. Doch hinter der glänzenden Fassade lauert etwas Dunkles. Als Julia das merkt, ist es längst zu spät.

Ausgelaugt von der Pflege des alzheimerkranken Vaters entdeckt David in einem von Julias Songs eine Botschaft. Kann er die Sängerin retten?

»Beklemmend und hochspannend –
mit ihrem neuen Thriller zeigt Emely Dark,
was sie kann!«
Martin Krist

»Ein Thriller, der sich
mühelos durchsuchten lässt.«
Sarah Lippasson

EMELY DARK

LERNE ZU

DIE AKADEMIE DES TODES

HASSEN

THRILLER

DÜSTER. BLUTIG. SPANNEND.
»DIE AKADEMIE DES TODES«

Fünf Sekunden. Ein winziger Fehler, und plötzlich ist Alex' Zukunft in Gefahr. Der erfolgreiche Geschäftsmann hat ein tödliches Geheimnis. Jetzt droht es, ans Licht zu kommen.

Wie viel wissen die Kommissare? Und wer steckt hinter der geheimnisvollen Botschaft, die auf der Türschwelle liegt?

Alex verstrickt sich in einem Netz aus Angst und Gier, das ihn unversehens zurück in die Vergangenheit führt – und zu einer Chance, die sein Leben für immer verändern könnte …

EMELY DARK

NACHT ANGST

DAS WESEN DER STILLE

THRILLER

DIES IST NICHT IRGENDEINE GESCHICHTE. ES IST MEINE GESCHICHTE.

Nacht für Nacht kämpft Emely mit den Dämonen ihrer Kindheit. Vom wahnhaft christlichen Vater jahrelang seelisch misshandelt, kann sie auch als Teenager die widersinnige Angst vor Hexen und Wiedergängern nicht abschütteln, die er in ihr gesät hat.

Als ein schwerer Schicksalsschlag die junge Frau gänzlich aus der Bahn wirft, beginnen Vision und Realität zu verschmelzen – bis Emely sich der Wahrheit stellen muss. Der Wahrheit über die Angst. Aber vor allem über sich selbst.

EMELY DARK

NACHT WAHN

DER RUF DER VERGELTUNG

THRILLER

EMELY IST ERWACHSEN GEWORDEN.
UND SIE GIERT NACH RACHE.

Drei Kinder, in der Gewalt eines Entführers.
Eine Mörderin, auf der Jagd nach Verbrechern.
Und ein Polizist, von der Justiz enttäuscht.
Das Spiel beginnt...